Die Blackbirds

Die verschwundene Gräfin

Felicitas Brandt

Francke

Über die Autorin:
Felicitas Brandt, benennt ihre Haustiere nach Filmfiguren, liebt Pflanzen und Bücher und verlässt ohne Letzteres eigentlich nie das Haus. Sie verbringt viel Zeit mit Freunden und Familie, reist, so weit die Züge sie fahren, oder genießt auf der Couch eine gute Serie.

www. felicitasbrandt.de
felicitasbrandt
Felicitas Brandt - Autorin

MIX
Papier | Fördert gute Waldnutzung
FSC® C083411

Bibliografische Information der Deutschen Nationalbibliothek
Die Deutsche Nationalbibliothek verzeichnet diese Publikation in der Deutschen Nationalbibliografie; detaillierte bibliografische Daten sind im Internet über https://dnb.de abrufbar.

ISBN 978-3-96362-422-3

35037 Marburg an der Lahn
Cover- und Innenillustrationen: Nataša Kaiser
Umschlaggestaltung: Francke-Buch GmbH / Marion Schramm
Satz: Francke-Buch GmbH
Druck und Bindung: CPI books GmbH, Leck

www.francke-buch.de

Inhalt

Für meine Blackbirds:
Louie & Milo
Emia & Luca
Mia & Sophie
Mila, Quentin & Jaron
Emma, Michel & Oskar
Hannah, Noah, Jona, Aaron & Levi
Benjamin & Helena
Lilly, Lotta & Michel

Prolog

Dunkle Wolken jagten einander über einen fast schwarzen Himmel. Regen prasselte auf das uralte Schloss hinunter, tropfte von Dachschindeln und Turmdächern. Das Mädchen kauerte auf dem Boden des Zimmers, die Arme um die Beine geschlungen, das Gesicht nass von Tränen und Regen. Gestern erst hatte sie hier gesessen, aber gestern war alles anders gewesen.

»Alice!«

Ihr Name hallte durch die Gänge des Schlosses und Alice zuckte zusammen. Er suchte sie schon seit einer ganzen Weile, doch es war nicht schwer, seiner langen Nase immer wieder zu entwischen. Aber irgendwann würde er sie wohl finden. Also hatte sie vorgesorgt.

Mit zitternden Fingern öffnete Alice die Tür zum Geheimgang, schob ihren Rucksack hinein und knipste ihre Stirnlampe an. Ein letztes Mal sah sie sich in dem so vertraut gewordenen Zimmer um. Betrachtete wehmütig das

Buch auf dem Nachttisch, aus dem ihr gestern Abend noch vorgelesen worden war. Einem Impuls folgend, huschte sie zurück und nahm das Buch an sich, drückte es fest an die Brust. *Alice im Wunderland* stand in goldenen Buchstaben auf dem Einband geschrieben. Die Gräfin hatte es ausgesucht, weil Alice den Namen mit dem Mädchen in der Geschichte gemeinsam hatte, genauso wie die langen blonden Haare und die Fähigkeit, jedes Kaninchenloch zu finden. Alice mochte ihre Namensschwester. Doch die Grinsekatze mochte sie viel lieber. Besonders, weil sie sich unsichtbar machen konnte.

Alice holte tief Luft und trat erneut vor den Geheimgang, das Buch weiterhin an sich gepresst. Jetzt würde auch sie unsichtbar werden.

Sie kroch in den dunklen Gang und zog mit spitzen Fingern die Klappe hinter sich zu. Der letzte Blick ins Zimmer zeigte ihr das Bild über dem Bett. Es war ein Bibelvers, handgemalt in geschwungener Schrift:

Wenn du keinen Ausweg mehr siehst, dann rufe mich zu Hilfe! Ich will dich retten, und du sollst mich preisen. (Psalm 50,15)

»Hallo Gott«, sagte Alice in die Stille des Schlosses hinein. »Hier ist Alice. Und ich könnte wirklich dringend Hilfe gebrauchen.«

Kapitel 1
Eine Seefahrt, die ist … wackelig!

Scotty

Scotty Blackbird war offiziell überfordert.

Mit einer Hand hielt sie ihr Handy in die Höhe gereckt, genau zwischen die beiden fürchterlichen Katzenbilder an der Wand, während sie gleichzeitig versuchte, in der engen Kabine das Gleichgewicht zu halten. Gerade ging ein weiterer Ruck durch das Schiff und drohte Scotty von den Füßen zu reißen, doch sie hielt tapfer stand.

»Du siehst aus, als würdest du von einer Achterbahn aus anrufen«, ertönte eine helle Stimme aus Scottys Handy.

Scotty schenkte ihrer besten Freundin Vivian Viola, deren Gesicht das Display ausfüllte, ein angestrengtes Lächeln. »Es hat was von Rodeo.«

»Ich fürchte, dafür schipperst du in die falsche Richtung«, kommentierte Vi. »Schottland ist nicht das Land des

Rodeos. Aber dafür das der Dudelsackspieler und Kiltträger und des Whiskys.«

»Wow, gleich drei Dinge, auf die ich nicht die geringste Lust habe!«

»Hey, du hast kein Recht zu jammern, ich bin die, die hier am Jammern ist! Das ist *mein* Jammer-Moment!«, protestierte Vi und hielt ihr Handy so dicht vors Gesicht, dass ihre Augen übergroß wurden. »Du kannst den nächsten haben. Und zwar genau dann, wenn ich in ein mystisches Abenteuer aufbreche und du zu Hause bleiben musst, um dich unters Messer zu legen!«

»Na ja, also bei Zähnen kommt eigentlich gar kein OP-Messer zum Einsatz, sondern ...«

»Scotty!«

»Entschuldige.« Scotty verzog das Gesicht. »Du hast ja recht. Es ist so ätzend, dass du nicht mitkommen konntest!«

»Ätzend hoch zweitausend.« Vi nickte heftig. »Ich hätte nichts lieber getan, als mit dir nach Schottland zu fahren und Dylans Patentante zu besuchen. Ich meine, sie lebt in einem Schloss – einem richtigen Schloss! Wie cool ist das bitte? Aber nein, alles geplatzt, weil mir ausgerechnet jetzt ein Zahn gezogen werden muss. Meine Eltern machen so viel Aufheben, dabei sind sie doch selbst Zahnärzte! Ich hab gesagt, sie sollen das einfach selbst erledigen, aber nein, sie müssen auf ihren Kollegen warten und der kommt diese Woche aus seinem blöden Golfurlaub zurück.«

»Deine Eltern meinen es doch nur gut. Wir besuchen die Gräfin ein anderes Mal wieder«, versprach Scotty und wischte sich ein paar fuchsrote Strähnen aus dem Gesicht. »Das Schloss läuft ja nicht weg.«

»Wer weiß!« Vi verzog dramatisch das Gesicht. »Bei meinem Glück …«

Eine weitere Welle brachte das Schiff zum Schaukeln und für einen Moment brach die Verbindung ab, während Scotty um ihr Gleichgewicht kämpfte. Der Empfang war hier wirklich superschlecht. Es dauerte einen Moment, bis sich Vis Bild wieder entruckelt hatte.

»Habt ihr eigentlich echt so heftigen Seegang?«

»Ich glaube, Dylan macht das mit Absicht«, erwiderte Scotty angestrengt. »Das läuft bei ihm unter Spaß.«

»Haha, ich wette, du wünschst dich gerade in die Wüste zurück. Auf dem Kamelrücken war es ungefähr genauso schauklig. Ich hoffe, du hast warme Sachen mit, Schottland ist kalt im Herbst.«

»Keine Sorge, ich bin vorbereitet. Und ich bin schon so gespannt auf den schottischen Akzent. Hoffentlich verstehe ich die Gräfin überhaupt.«

»Ach was, Dylan verstehst du doch auch! Englisch ist immerhin eure zweite Muttersprache, das wird schon. Bleibt ihr die ganzen Ferien dort?«

»Das ist der Plan. Lady Fiona hat uns auf jeden Fall extra für diese Zeit eingeladen, damit Constantin und ich mitkommen können.« So hatte es in dem Brief mit dem edlen Papier gestanden, mit dem Dylan freudestrahlend durchs Haus gelaufen war. Seine Patentante, Gräfin Fiona MacKenzie, hatte ihn und die Blackbirds gefragt, ob sie nach Carraig Castle, auf ihr Schloss kommen wollten. Dylan hatte förmlich im selben Moment angefangen, seine Koffer zu packen, noch ehe Evie und Nathan, Scottys Eltern, der Reise überhaupt zugestimmt hatten. Aber ein uraltes Schloss in einem kleinen, malerischen Örtchen, das recht abgelegen lag und um das sich die ein oder andere Legende rankte? Da konnte kein Blackbird Nein sagen. Und hier waren sie nun, unterwegs auf hoher See und nur eine Welle von einem Schleudertrauma entfernt.

Scottys Handy gab ein klägliches Piepsen von sich. »Mein Akku ist fast leer.«

»Du solltest dir zum Geburtstag wirklich ein neues Handy wünschen. Mal als Abwechslung zu all deinen Büchern«, neckte Vi ihre beste Freundin. »Will ich wissen, wie viele du dieses Mal in deinen Koffer gequetscht hast?«

»Nein«, antwortete Scotty und wurde ein bisschen rot. »Ich melde mich, sobald ich eine Steckdose gefunden habe. Und WLAN.«

»Ich vermisse dich!«, jammerte Vi. »Und ich bin neidisch! Wehe, du erlebst ohne mich ein Abenteuer! Finger weg von Geheimgängen, Schlossgespenstern und Schätzen – verstanden?«

Scotty salutierte und verlor dabei ein weiteres Mal beinahe das Gleichgewicht. Sie wollte zu einer Antwort ansetzen, doch Vis Bild war auf dem Bildschirm eingefroren und wenige Sekunden später schaltete sich ihr Handy aus. Seufzend schob Scotty das Gerät in ihren Rucksack, der in einer Ecke auf dem Boden stand, und verließ die kleine Kajüte.

Von Deck waren aufgeregte Stimmen zu hören. Scottys Vater Nathan Blackbird und sein bester Freund Dylan O´Conner diskutierten mit weit ausschweifenden Bewegungen neben dem Steuerrad des Schiffes.

Constantin stand vorne an der Reling, ein Fernglas vor die Augen gedrückt.

»Noch genau so, wie ich ihn zurückgelassen habe«, murmelte Scotty und lächelte. Sobald klar war, dass sie die Reise mit einem Schiff zurücklegen würden, hatte Constantin Bücher gewälzt und nachgelesen, welche Tiere ihnen unterwegs begegnen könnten. Sein Favorit war ein Zwergwal, doch bisher hatte sich keiner blicken lassen. Scotty hatte sehr für ihren Bruder gehofft, dass sich sein Traum erfüllen würde.

»Hallo Spätzchen, schon fertig telefoniert?« Evie Blackbird trat neben ihre Tochter. Sie trug einen quietschgelben Parka, der ihr viel zu groß war und dessen Kapuze sie zum Schutz vor der Gischt übergestreift hatte. »Wie geht es Vi?«

»Mein Akku ist wieder leer«, erwiderte Scotty und es gelang ihr nicht ganz, den genervten Tonfall aus ihrer Stimme zu verbannen.

»Oh, das tut mir leid. Möchtest du mein Handy benutzen?«

»Nein, schon okay, wir waren eigentlich fertig.«

»Wann ist ihr Zahnarzttermin?«

»Mittwoch.«

»Die Arme.« Evie verzog mitfühlend das Gesicht. »Zahngeschichten sind voll ätzend.«

»Sehr ermutigend, Mama.« Scotty verdrehte die Augen, musste aber unwillkürlich über die Grimasse lachen, die ihre Mutter machte, bevor sie sie an sich zog. »Tut mir wirklich leid, dass Vi nicht mitkommen konnte. Ich weiß, wie sehr du dir das gewünscht hast. Aber es wird nicht die letzte Möglichkeit sein. Versprochen!«

Scotty nickte, während ihr Hals ganz eng wurde. Wieder einmal hatte ihre Mutter sie einfach durchschaut, als würde Scotty nicht aus Fleisch und Blut, sondern aus durchscheinendem Glas bestehen und all ihre Gedanken würden einfach so frei und sichtbar in der Gegend herumschweben. Bevor sie zu einer Antwort ansetzen konnte, stieß Dylan einen Schrei aus und deutete zum Horizont. Land tauchte dort auf, dunkle Schatten und Linien, aber unverkennbar die Umrisse einer Stadt. Scotty holte tief Luft. Sie waren am Ziel. Ein neues Abenteuer wartete auf sie.

Kapitel 2

Eine seltsame Begegnung

Constantin

Mit zusammengekniffenen Augen betrachtete Constantin den Hafen von Carraig, während seine Familie noch an Bord umherwuselte. Es schien, als hätte die Zeit an diesem Ort vergessen weiterzulaufen. Die Häuser wirkten altmodisch, aber sauber und gepflegt. Eine Telefonzelle stand neben einer Bank und einem sprudelnden Brunnen und am Ende der Straße bog gerade eine Kutsche ein, gezogen von zwei schwarzen Pferden. Fasziniert betrachtete Constantin die großen Tiere, und als sie gar nicht weit von ihm hielten, ging er hinüber. Der Kutscher sprang auf das Steinpflaster und ließ seine Fahrgäste aussteigen, ehe er eine Pfeife hervorzog und sich einige Schritte entfernte.

Constantin tastete in seinen Hosentaschen nach irgendetwas zu essen, fand aber nichts und streckte den Tieren seine leeren Hände entgegen. Mit einem sachten Schnauben begrüßten sie ihn. Die wenigen Sonnenstrahlen, die es durch die Wolkendecke schafften, brachten ihr Fell zum Glänzen.

»Darf ich Ihnen Wasser geben?«, rief er dem Mann mit der Pfeife zu, und als dieser gleichmütig nickte, griff Constantin den bereitstehenden Eimer und lief zum Brunnen hinüber. Das Wasser platschte kalt gegen seine Hände und hinterließ einen nassen Fleck auf seiner Hose, als er mit dem schweren Eimer zurückeilte. Die Pferde tranken gemütlich und bedankten sich mit prustendem Schnauben.

»Gern geschehen«, murmelte Constantin und streichelte die weichen Nasen. »Ich bin Constantin und wie heißt ihr?«

»Ich finde Coca und Cola passt zu ihnen«, bemerkte eine fremde Stimme und Constantin sah überrascht auf. Ein Junge hatte sich ihm unbemerkt genähert, die Hände tief in den Taschen einer ausgebeulten Hose vergraben und auf dem Kopf eine Mütze, die Londons Straßenjungen immer auf den alten Zeichnungen trugen. Seine Wangen sahen aus, als wäre er mit schmutzigen Händen darübergefahren.

»Na ja, weil die Jungs so dunkles Fell haben und sich total ähnlich sehen«, fügte der Fremde hinzu, als Constantin nicht antwortete. »Verstehst du?«

»Schon, aber die *Jungs* sind eigentlich zwei Stuten«, meinte Constantin und verkniff sich ein Lächeln, als die Augen seines Gegenübers vor Überraschung ganz groß wurden. »Die Namen mag ich trotzdem«, setzte er schnell hinterher.

»Kennst du dich aus mit Pferden?«

»Nur ein bisschen. Und du?«

»Kein Stück.« Der andere lachte und beäugte ihn neugierig. Seine Augen waren strahlend blau.

»Ihr seid eben angereist, oder?«, fragte der Junge weiter und gab sich keine Mühe, seine Neugier zu verstecken. »Sind das deine Leute?« Er nickte zu Dylan und Nathan hinüber, die gerade die Koffer der Familie an Land hievten.

»Meine Familie«, bestätigte Constantin. »Wir machen hier in der Nähe Urlaub. Auf Carraig Castle. Kennst du das vielleicht?«

»Das Schloss der Gräfin?« Etwas huschte über das Gesicht des Jungen und verdunkelte seine Züge noch mehr als die schmutzigen Wangen. »Natürlich, das kennt hier jeder. Aber ihr wollt sie doch nicht besuchen, oder?«

»Doch, deswegen sind wir hier. Sie hat uns eingeladen. Sie ist die Patentante von Dylan, dem Riesen dort vorne mit dem Koffer in der Hand.«

Der Blick des Jungen huschte zu dem Beschriebenen, verweilte bei Nathan und Scotty und glitt wieder zurück zu Constantin. Die blauen Augen waren plötzlich weit aufgerissen. »Aber weißt du es denn nicht?«

»Was denn?«

»Die Gräfin ... sie ist verschwunden.«

Constantin starrte sein Gegenüber entsetzt an. »Wie bitte?!«

»Vor einigen Tagen ... Sie wollte eine Reise machen, eine Freundin besuchen. Aber sie ist dort nie angekommen. Niemand weiß, wo sie ist ...« Die Stimme des Jungen bebte.

Constantin spürte, wie sein Herzschlag sich beschleunigte. »Aber ... wie kann denn das sein? Wurde die Polizei informiert? Sie kann sich doch nicht in Luft aufgelöst haben!«

»Im Schloss geht es nicht mit rechten Dingen zu«, raunte der Fremde und schloss seine Finger schraubstockartig um Constantins Handgelenk. »Der neue Lord schleicht durch die Räume, wenn niemand hinsieht. Er sucht etwas!«

»Wie meinst du das?«, fragte Constantin erschüttert und versuchte seine Hand zu lösen, doch der Griff des Jungen war eisern. »Was für ein neuer Lord?«

»Er kam vor einer Weile, niemand weiß, woher.« Der Fremde sah sich nervös um, als befürchtete er, ihr Gespräch könnte belauscht werden. »Ihr müsst aufpassen, auf Carraig Castle ist es nicht sicher! Irgendetwas ist dort vorgefallen, weswegen die Gräfin verschwand!«

»Constantin!«

Er hörte, wie seine Mutter seinen Namen rief, und schüttelte den Kopf, um das gruselige Gefühl loszuwerden, das die Worte des Jungen in ihm hervorgerufen hatten. Er wandte sich um und suchte den Blick seiner Mutter, um ihr zu zeigen, dass er sie gehört hatte. »Ich muss mit Dylan reden«, murmelte er. »Kommst du mit und sagst ihm, was du mir gesagt hast? Er sollte das wissen und ...« Constantin verstummte. Er hatte sich wieder zu dem Jungen umgedreht, doch der war spurlos verschwunden, beinahe, als hätte das rissige Kopfsteinpflaster ihn verschluckt. Alles, was von ihm blieb, war der Abdruck kalter Finger auf Constantins Hand und der Nachhall seiner Warnung.

Auf Carraig Castle ist es nicht sicher!

Kapitel 3
Carraig Castle

Scotty

Scotty knabberte auf ihrer Unterlippe herum und starrte aus dem Fenster des Taxis. Constantins Erzählung klang ihr noch in den Ohren. Nur zu gerne wäre sie umgekehrt und hätte nach dem seltsamen Jungen mit der noch seltsameren Botschaft Ausschau gehalten. Doch ihre Eltern hatten darauf gedrängt loszufahren, damit sie das Schloss erreichten, bevor es dunkel wurde. Es war nicht so, dass sie Constantin nicht glaubten, aber sie taten die Worte des Unbekannten als Geschwätz ab, vielleicht sogar als einen Streich.

Dylan vibrierte regelrecht vor Aufregung und Vorfreude, aber Scotty hatte ein mulmiges Gefühl im Bauch. Was, wenn wirklich etwas vor sich ging?

Constantin wirkte grüblerisch. Scotty hatte das Gefühl,

dass er mit ihr sprechen wollte, aber das Taxi war zu eng, als dass sie ungestört hätten reden können. Also hieß es warten. Die Landschaft zog am Fenster vorbei, alles war grün und braun und … so endlos. Als würden die Hügel sich bis zum Horizont erstrecken. Und die Schafe. Es gab so unendlich viele davon. Einmal verharrten sie fast zehn Minuten in einer blökenden Herde, die sich um das Taxi drängte, ehe die Straße wieder frei war. Der Fahrer nahm das gelassen, die Situation schien ihm nicht neu zu sein und für ihn war die Zusatzzeit ja nur gut. Doch Scotty wippte unruhig mit den Knien und wünschte, sie wären endlich da.

Als das Schloss auf einer Anhöhe auftauchte, verpufften Scottys Gedanken. Evie stieß ein erstauntes Keuchen aus und sogar Constantin ließ sich zu einem leisen Pfff hinreißen. Dylan lachte fröhlich. Carraig Castle war ein imposanter Anblick! Stolz reckte es seine Türme in den Himmel, die hellen Steine leuchteten inmitten ihrer grünen Umgebung. Es hatte große Fenster und Erker und auf dem Grün davor leuchteten rote Rosen zwischen hohen Hecken.

Es gab sogar eine Mauer, die um das Anwesen verlief, und an der Zufahrt befand sich darin ein hohes Tor. Es stand offen, weil gerade ein Polizeiwagen hindurchfuhr und das Gelände verließ. Der Taxifahrer nutzte den Moment und flitzte mit dem Wagen hindurch, ehe das riesige schmiedeeiserne Gitter sich wieder schließen konnte. Kies knirschte unter den Reifen, als sie eine schnurgerade Auffahrt hinauffuhren, die vor der imposanten Eingangstreppe endete. Scotty war so mit Staunen beschäftigt, dass sie über ihre eigenen Füße stolperte und förmlich aus dem Wagen fiel. Constantins Hand schoss blitzschnell vor und bewahrte sie davor, mit der Nase den Kies zu begrüßen.

»Aufgepasst«, brummte er, als sie sich mit roten Wangen aufrappelte.

»Es ist wunderschön«, flüsterte Evie Dylan zu.

Dylan wirkte ein bisschen stolz. »Das Schloss ist uralt und hat schon einiges gesehen. Wenn diese Mauern reden könnten ... sie hätten wirklich einiges zu sagen.«

Im nächsten Moment ertönte ein scharfes Bellen und zwei riesige Hunde schossen um die Ecke des Hauses. Scotty trat unwillkürlich einen Schritt zurück. Mit lautem Gebell jagten die beiden heran, unter dem dunklen Fell bewegten sich straffe Muskeln. Der Taxifahrer stieß einen Schrei aus, flitzte zurück zum Wagen und sprang hinein. Mit einem Klicken griff die Zentralverriegelung. Scotty, die sich ebenfalls umgewandt hatte, rüttelte erfolglos am Türgriff. Kalter Schweiß brach ihr aus. *Hilfe!*

»Isobel! Alastari!« Die Namen schallten laut durch die Luft.

Ängstlich blickte Scotty über die Schulter. Dylan hatte sich vor der Familie Blackbird aufgebaut. Schliddernd kamen die Hunde vor ihm zum Stehen und sprangen mit freudigem Bellen an ihm hoch, leckten ihm über die Hände, als er sie zu streicheln versuchte. Aus der Nähe sahen ihre Zähne wirklich spitz aus, doch die Bedrohlichkeit war verschwunden. »Keine Sorge«, erklärte Dylan. »Die machen viel Lärm, sind aber eigentlich ganz lieb.«

»Ich begehre den Grund für diesen Aufruhr zu wissen!«, ertönte eine laute Stimme. Ein Mann stand auf den Stufen. Scotty schätzte ihn auf Ende zwanzig. Er trug einen superschicken Anzug und seine Schuhe glänzten so sehr, als hätte er sie vor einer Sekunde noch poliert. Mit hochgerecktem Kinn verharrte er auf den Stufen zum Schloss. »Mit wem habe ich es zu tun?«

»Mein Name ist Dylan O´Conner«, stellte Dylan sich vor und gab den Hunden einen Wink, die sich daraufhin gehorsam hinsetzten.

Scotty sah die Faszination auf dem Gesicht ihres Bruders genau. Er hatte sich bereits in diese zwei Riesenviecher verliebt. *Na super.*

»Meine Begleiter sind Nathan und Evie Blackbird mit ihren Kindern Scotty und Constantin. Und wer sind Sie?«

Die Blackbirds hatten bei der Vorstellung nacheinander kurz die Hand gehoben. Nathan wirkte unruhig und Evie schielte immer wieder nervös zu den Hunden hinüber.

»Mein Name ist Malcom MacKenzie, ich bin der Hausherr von Carraig Castle.«

Dylan starrte den Mann mit furchterregender Miene an. Einer der Hunde stieß ein tiefes Knurren aus und Scotty schluckte.

»Carraig Castle gehört meiner Patentante, der Gräfin, Lady Fiona. Auf ihre Einladung sind wir hergekommen. Wer sind Sie?«

»Mr O´Conner.« Ein Mann im dunklen Anzug trat ebenfalls aus dem Haus. Er bewegte sich seltsam gleitend und zog ein Gesicht, als hätte er einen üblen Geruch in der Nase. Er war schrecklich blass und sein Blick ... der gefiel Scotty auch nicht. Der Mann raunte diesem Malcom etwas ins Ohr und sofort veränderte sich der Ausdruck auf dem Gesicht des angeblichen Herrn von Carraig Castle.

»Dylan! Und die Blackbirds! Natürlich, natürlich.« Im nächsten Moment eilte er schon die Stufen herunter. »Dylan! Oh gewiss, Tante Fiona hat so viel von dir erzählt, wie wunderbar, dass du vorbeischaust, altes Haus!« Malcom schlug Dylan fest auf den Rücken und Scotty zuckte zusammen. »Entschuldige bitte, ich stehe etwas neben mir. Hier geht es drunter und drüber, nicht wahr, Edward?«

»Sehr wohl, Sir.« Der dunkel gekleidete Mann deutete eine Verbeugung an. »Mr O´Conner, wie schön, Sie wieder auf Carraig Castle begrüßen zu können. Und unerwartet.«

»Hallo Edward. Immer noch kein farbiges Hemd gefunden?«

Edward blickte noch verkrampfter drein, doch Malcom lachte bellend los. »Der war gut, wirklich gut! Nun, ich muss euch leider mitteilen, dass hier wohl ein Missverständnis vorliegt. Tante Fiona ist verreist. Ihr habt den Weg also leider ganz umsonst auf euch genommen. Wirklich schade. Aber danke für euren Besuch, ich werde ihr Grüße ausrichten. Guten Heimweg!«

Und damit schickte dieser Lord sich doch tatsächlich an, den Blackbirds quasi die Tür vor der Nase zuzuschlagen. Doch in diesem Moment ratterte die Kutsche durch das Tor und hielt mit schnaubenden Pferden gleich hinter dem

Taxi. Die Koffer der Blackbirds stapelten sich auf jeder freien Fläche.

Für einen Moment verrutschte das freundliche Grinsen auf Malcoms Gesicht. »Oh, äh … ich schätze, ihr hattet mehr geplant als nur einen kurzen Besuch zum Tee.«

»Eigentlich sollten wir die Ferien hier verbringen«, meldete sich Constantin altklug zu Wort und erntete ein »Sch!« von seiner Mutter.

»Ich bin verwirrt«, sagte Dylan. »Ich habe eine Einladung von Lady Fiona.«

»Ja, nun, du weißt ja, wie das mit alten Damen ist, nicht wahr?« Malcom lachte gekünstelt. »Die Umstände sind wirklich äußerst ungünstig. Wir sind gar nicht auf Gäste vorbereitet.«

»Was ist nun?«, rief der Kutscher. »Kann ich ausladen? Vom Meer zieht ein Unwetter auf, ich muss meine Pferde in den Stall bekommen.«

»Ich werde sie anrufen.« Dylan tastete nach seinem Telefon. »Meine Tante würde niemals erlauben, dass man uns fortschickt.«

»Ja, also …« Hilflos sah Malcom zu Edward. »Ich denke … vielleicht für eine Nacht? Wir werden schon ein Plätzchen finden.«

Ein Plätzchen war die Untertreibung des Jahrhunderts. Carraig Castle war riesig. Scotty hatte bei den ganzen Gängen und Zimmern schon nach fünf Minuten den Überblick verloren. Edward hatte sie mit säuerlichem Gesichtsausdruck durch die Flure geführt und eine riesige Treppe hinauf.

»Das ist der Gästeflügel«, erklärte er über die Schulter. »Die Zimmer sind nicht hergerichtet, da wir über Ihre Ankunft nicht informiert waren. Das Hausmädchen war vor einer Woche hier. Ich fürchte, Sie werden mit dem vorliebnehmen müssen, wie es ist.«

»Nur keine Sorge, Eddy. Ich bin sicher, wir kommen klar.« Dylan hatte seinen Seesack über die Schulter geschwungen und stieß mit der freien Hand drei Türen auf. »Ich nehme mein übliches Zimmer. Die Eltern Blackbird wohnen neben mir und die Kinder gegenüber.«

»Sehr wohl.« Die Art, wie Edward nickte, erinnerte Scotty an einen Vogel. Einen großen, dürren, schwarzen Vogel. »Während Sie die Räume beziehen, werde ich Anweisungen geben, dass Handtücher und Ihr Gepäck hergebracht werden.«

Mit einem weiteren vogelhaften Nicken stolzierte der Butler davon.

Dylan stieß eine weitere Tür auf, spähte hinein und winkte Constantin heran. »Hey, wie gefällt dir das, hm? Es ist eins ohne Blümchen.«

»Klingt wunderbar«, meldete sich Scottys großer Bruder und schlenderte in den Raum. »Gehören die Hunde zum Schloss?«

»Isobel und Alastari?« Ja, schon seit sie Welpen sind, und davor waren ihre Eltern hier die Haushunde. Ich wusste, dass du sie lieben würdest. Ihr Zwinger ist neben dem Haupthaus. Ich zeig ihn dir später. Und den Pferdestall.«

»Cool.« Constantin verschwand in seinem Zimmer.

Scotty erhaschte einen kurzen Blick auf graue Vorhänge, dann winkte Dylan sie schon heran. »Hier, kleiner Fuchs, wie wäre das?«

In dem Zimmer, das Dylan ihr zeigte, stand ein Himmelbett, für dessen Größe Scotty kein anderes Wort einfiel als *gewaltig*. So gewaltig, dass vermutlich die gesamte Familie Blackbird darin Platz gefunden hätte. Davor lag ein plüschiger Teppich mit lauter Rosen darauf. Rosen, die auch die Tapete zierten.

»Zu kitschig?«, raunte Dylan. »Aber schau mal, da ist eine Sitznische in dem Erker da vorne. Da kannst du lesen. Tante Fiona hat eine riesige Bibliothek, die zeige ich dir noch. Soll ich weitersuchen?«

»Nein, das hier ist super, danke schön.« Scotty war nicht so der Blümchen-Fan, doch das Zimmer lag direkt neben Constantins und in so einem riesigen Schloss, mit einem seltsamen Butler, war es besser, möglichst nah beieinander zu sein.

Sie ließ den schweren Rucksack zu Boden sinken und nahm den Raum unter die Lupe. Eine Tür führte in ein kleines Badezimmer und daneben war ein weiß lackierter Kleiderschrank mit Dutzenden von Schubladen. Sonst gab es nicht so viel zu entdecken, ein paar Bilder hingen an den

Wänden, doch Scotty zog es zu den Fenstern. Der Blick über das Anwesen war ziemlich toll. Scotty konnte sehr weit sehen, bis zu dem Wald, der an das Schloss angrenzte. Unter ihrem Fenster befand sich ein leicht abfallendes Dach. Moos zierte die Dachschindeln. Doch an einer Stelle waren sie seltsam blank poliert. Stirnrunzelnd beugte Scotty sich vor und versuchte, mehr zu erkennen. Dabei bemerkte sie einen kalten Windhauch. Scotty fuhr mit den Fingern über den Rahmen des Fensters ... und es schwang auf.

»Hm ...«, murmelte Scotty. »Warum bist du offen?«

Hat Edward nicht gesagt, hier war diese Woche noch niemand? Kann es sein, dass hier so lange das Fenster offen stand? Seltsam.

Scotty schloss das Fenster wieder und richtete den Vorhang. Dabei fiel etwas zu Boden. Scotty bückte sich und hob mit spitzen Fingern den kleinen Klumpen Moos auf. Moos, wie es auf den Dachschindeln wuchs. Aber wie kam das hier hinein in die Vorhänge? Nachdenklich rollte sie den kleinen Klumpen zwischen ihren Fingern. Das wurde ja immer seltsamer.

Kapitel 4
Das Bild einer Königin

Scotty

Nachdem sie ihre Zimmer bezogen und sich etwas umgesehen hatten, versammelten sich die Blackbirds bei Tee und Sandwiches im Kaminzimmer. Constantin kam in Begleitung eines der Hunde. Natürlich. Scotty suchte sich unwillkürlich einen Sessel, der etwas weiter von den beiden weg war. Sie mochte Hunde. Aber der hier war wirklich riesig! Und diese Zähne!

Sie zog die Beine auf den breiten Sessel und blickte ins prasselnde Feuer. Draußen pfiff ein ordentlicher Wind um das Schloss. Das Unwetter, von dem der Kutscher gesprochen hatte, schien sie erreicht zu haben. Nur gut, dass sie hier drin waren und nicht draußen auf dem Meer. In einigen Wochen würde der Winter die Umgebung in seine kalten Arme schließen. Wie Carraig Castle wohl schneebedeckt aussah? Sicherlich wunderschön. Zu schade, dass sie dann nicht mehr hier sein würden.

Dylan trat in den gemütlichen Raum, in den Händen ein Tablett mit Teetassen. »Die Köchin hat leider Urlaub, man hat also wirklich nicht mit uns gerechnet. Zum Glück weiß ich einigermaßen, wo alles ist.«

»Wie geht es dir? Konntest du deine Tante erreichen?«, fragte Evie besorgt und half ihm mit dem Tablett.

»Leider nur die Mailbox. Laut Malcom ist sie zu einer Safari aufgebrochen, recht spontan, und hat uns wohl vergessen. Ich verstehe das wirklich nicht, Fiona war in ihren letzten Briefen etwas durcheinander, aber doch nicht *so* vergesslich.«

»Also hatte der Junge am Hafen doch recht!«, kam es von Constantin. »Aber ihr wolltet mir ja nicht glauben.«

»Ach Sohn, so war das doch nicht. Was dieser Junge dir erzählt hat, klang ja nun wirklich sehr seltsam«, erwiderte Nathan. »Und hat er nicht gesagt, sie wollte jemanden besuchen fahren? Warum hat Malcom dann von einer Safari gesprochen? Oder unternimmt sie die vielleicht mit jemandem zusammen? Vielleicht hat sie eine Einladung erhalten und sich spontan entschlossen aufzubrechen.«

»Das ist in der Tat sehr merkwürdig«, stimmte Evie ihm zu und kuschelte sich in ihren Sessel. »Aber sicher gibt es eine ganz harmlose Erklärung und es ist nur ein Missverständnis. Einen Urlaub ohne Abenteuer würde ich sehr begrüßen.«

Eine Weile saßen sie alle schweigend da, die Teetassen

in den Händen, nur das Knacken des Feuers erfüllte den Raum. Scottys Blick schweifte umher. Über dem Kamin hing ein großes Bild. Es zeigte eine Frau, die am Boden kniete und die Hände zum Himmel gestreckt hatte. Der Maler hatte ihrem Gesicht einen so hoffnungsvollen Ausdruck verliehen, dass es Scotty berührte. »Wer ist das?«, fragte sie an niemanden Bestimmtes gerichtet.

»Das ist ein Bild von Königin Esther aus der Bibel«, erklärte Dylan. »Wie sie zu Gott um Weisheit bittet, damit sie einen Weg findet, ihr Volk, das Volk Israel, zu retten. Am Hof gab es eine Verschwörung gegen alle Juden und Esther hatte davon erfahren. Ihr Mann wäre in der Lage gewesen, das aufzuhalten, aber er hatte befohlen, dass niemand ohne seine ausdrückliche Einladung zu ihm kommen durfte. Esther wusste, dass sie ihr Leben aufs Spiel setzte, wenn sie zu ihm ging. Aber wenn sie nichts unternahm, würden Tausende Menschen sterben. Auch der Mann, der sie großgezogen hatte, als wäre sie seine eigene Tochter.«

»Und was hat sie getan?«, fragte Constantin neugierig.

»Sie betete und fastete drei Tage lang«, erzählte Evie. »Und am dritten Tag kleidete sie sich in königliche Gewänder und ging zum König. Gott hielt seine Hand über Esther. Der König sah sie und reichte ihr sein Zepter entgegen. Das war ein Zeichen der Gnade, Esther hatte nichts von ihrem Mann zu befürchten.«

»Also hat sie ihm sagen können, was vorging, und er hat dann verhindert, dass den Juden etwas geschah?« Scotty kramte in ihrem Gedächtnis. Sie hatten die Geschichte von Esther irgendwann schon einmal in der Kinderstunde durchgesprochen, aber sie konnte sich gerade nicht mehr an die Details erinnern.

»Nicht ganz.« Evie ließ das Bild nicht aus den Augen. »Sie bat ihren Mann um ein gemeinsames Essen. Sie, der König und Haman, einer seiner Berater. Der König willigte ein. Bei dem Essen fragte er seine Frau dann, was sie von ihm möchte. Er sagte ihr, dass sie sogar die Hälfte seines Reiches von ihm erbitten dürfte, und er würde es ihr geben.«

»Warte mal, er wollte ihr einfach so sein Königreich geben?« Constantin riss die Augen auf. »Ganz ohne zu wissen, ob sie überhaupt was von ihm haben wollte?«

Nathan grinste Constantin über seine Teetasse hinweg an. »So ein Angebot hättest du auch mal gerne, was?«

Constantin verzichtete auf eine Antwort und grinste nur, während die Stimmung im Raum sich merklich lockerte.

»Also, worum hat sie ihn gebeten?«, fragte Scotty aufgeregt. Diese Geschichte gefiel ihr.

»Esther bat ihren Mann um ein weiteres Essen. Und als sie wieder zusammensaßen, bat sie ihn um ihr Leben und um das ihres Volkes. Sie sagte ihm, dass jemand sich gegen ihre Leute verschworen hat. Der König wusste bis dahin gar nicht, dass Esther Jüdin war, sie hatte es verschwiegen, als sie an den Hof gebracht worden war. Aber jetzt offenbarte sie ihre Herkunft und bat ihn um Rettung. Der König wollte sofort wissen, wer es war, der diese böse Sache gegen die Juden plante. Und wisst ihr was?« Evie beugte sich vor, ihre Augen glitzerten. »Es war der Berater, den Esther ebenfalls eingeladen hatte. Ihr Feind saß mit ihr am Tisch. Und das hat sie dem König gesagt.«

Scotty lief ein Schauer über den Rücken. »*Was?*«

»Wieso hat sie ihn eingeladen?«, rief Constantin. »Und ihm auch noch das gute Essen gegönnt?«

»Es scheint verrückt, nicht wahr? Und gefährlich. Aber irgendetwas hat sie dazu bewogen.«

»Hat der König ihr geglaubt?«, wollte Scotty wissen und Evie nickte. »Ja, hat er. Und er hat die Pläne des Beraters vereitelt. Die Juden waren wieder in Sicherheit.«

Scotty atmete auf. Was für eine Geschichte! Jetzt bereute sie es doch, ihre Bibel nicht in den Koffer gequetscht zu haben. Sie würde das Gehörte gerne nachlesen. Vielleicht gab es ja hier im Schloss irgendwo eine Bibel, die sie sich ausleihen konnte.

Dylan streckte seine langen Beine zum Feuer hin. »Fiona liebt das Buch Esther. Sie war schon immer davon fasziniert. Wusstet ihr, dass Gott in diesem Buch nicht ein einziges Mal genannt wird? Und doch sagte Fiona immer, dass seine Gegenwart in dieser Geschichte deutlich spürbar sei. Sie übertrug das auf ihr eigenes Leben. Selbst wenn sie glaubte, Gott nicht zu sehen, war er immer da und hielt seine Hand über sie.« Er lächelte in die Runde. »Ihr werdet auf Carraig Castle noch mehr Bilder finden. Und in der Bibliothek gibt es Bücher über Esther und die Zeit damals. Ich zeige sie dir morgen, Scotty.«

Scotty wurde ganz warm ums Herz vor lauter Vorfreude. »Ja, gern!« Wieder huschte ihr Blick zu dem Bild. Wie mutig diese Frau gewesen sein musste. Und wie sehr sie Gott vertraut hatte. So gern hätte sie etwas davon für ihr eigenes Leben, für ihr eigenes Herz.

Vater, betete sie. *Lass mich dir vertrauen, nur ein bisschen so, wie Esther dir vertraut hat. Auch wenn ich dich nicht sehen kann. Lass mich immer wissen, dass du mich nicht verlässt. Niemals.*

Kapitel 5
Ein Schatten auf dem Dach

Constantin

Die Nacht war über Carraig Castle hereingebrochen. Ein silberner Halbmond thronte über dem Anwesen und blickte auf das schlafende Schloss herunter. Alles war still. Constantin Blackbird lag in einem fremden Bett und starrte an eine fremde Zimmerdecke. Er hatte die Vorhänge nicht zugezogen, sodass der Raum in schwachen Lichtschein getaucht war. Constantin konnte nicht schlafen. Die Geschehnisse des Tages waberten in seinem Kopf herum. Immer wieder sah er die Gestalt des Jungen vom Hafen und hörte seine Warnung. *Auf Carraig Castle ist es nicht sicher!*

Was hatte der Junge gemeint? Was wusste er? Woher? Und wo steckte die Gräfin? So viele Fragen. Seufzend drehte Constantin sich auf die andere Seite. Wie sollte man bei diesem Chaos nur schlafen?

Er glaubte, ein Kratzen zu hören, und seine Gedanken schweiften ab, zurück in ein anderes Land, zu einem anderen Mond und einem anderen Abenteuer. Und zu einer kleinen, dicken Wüstenrennmaus namens Willy. Constantin angelte sein Handy vom Nachttisch und öffnete den Chat mit seinem Freund Yashar. Das letzte Bild von Willy war gerade mal ein paar Tage alt. Er hockte glücklich in der Box, die Yashar ihm gebaut hatte, und nagte an einigen Körnern. Constantins Herz zog sich zusammen. Es war ihm schwergefallen, den kleinen Kerl in Ägypten zurückzulassen, aber eine andere Möglichkeit hatte es nicht wirklich gegeben. Und Yashar hatte fest versprochen, sich gut um Willy zu kümmern.

Vielleicht würden sie sich irgendwann einmal wiedersehen.

Constantin sprang aus dem Bett und ging zum Fenster hinüber, um die Vorhänge zu schließen und das silberne Mondlicht auszusperren. Doch eine Bewegung in der Nacht ließ ihn innehalten. Schlich da nicht jemand an der Hecke im Garten entlang? Constantin beugte sich vor. Da! Wieder eine Bewegung. Da war eindeutig jemand. Langsam und verstohlen huschte die Person von Schatten zu Schatten, doch der Mond erwischte sie immer wieder für einen Moment. Constantin lief ein kalter Schauer über den Rücken. Was sollte er tun? War das ein Einbrecher? Nein, unmöglich, das Tor war verschlossen und niemand konnte auf das Gelände. Malcom hatte ihnen die Sicherheitsmaßnahmen ausschweifend erklärt. Das Anwesen war eine richtige Festung. Aber wer war dann da draußen? Constantins Finger huschten über den Rahmen, vorsichtig öffnete er das Fenster, um besser sehen zu können.

Eine Bewegung in seinem Augenwinkel hätte Constantin um Haaresbreite einen entsetzten Aufschrei entlockt. Auf dem Dach hockte eine Katze. Schwarz, beinahe unsichtbar, doch ihre Augen leuchteten kräftig grün. Das Tier maunzte leise. »Was machst du denn da?«, flüsterte Constantin und streckte unwillkürlich die Hand aus. »Komm her. Na komm.« Behutsam lockte er mit den Fingern.

Die Katze richtete sich auf und schlich auf ihn zu. Erst jetzt bemerkte Constantin, dass die Katze eigentlich ein Kater war – und nur drei Beine hatte. Das vierte endete knapp über dem Knie.

Das Tier drückte den weichen Kopf gegen seine Hand. Constantin machte ihm Platz und es tapste mit sicheren Schritten durch das Fenster und sprang in den Raum hinein, als wäre es hier zu Hause.

Constantin wollte gerade das Fenster schließen, da fiel ihm seine Beobachtung wieder ein. Hastig spähte er hinunter in den Garten – doch der Schatten war verschwunden. Nichts bewegte sich mehr, egal, wie sehr er auch die Augen zusammenkniff. Constantin stieß den Atem aus, den er unwillkürlich angehalten hatte. Wer immer dort durch den Garten geschlichen war, war fort.

So ein Mist!

Kapitel 6
Bücher, Bücher und … Bücher! Und Pancakes

Scotty

Scotty konnte sich nicht bewegen. Ihre Füße schienen auf dem kostbaren Teppich festzukleben, obwohl ihr Bauch sie aufforderte, sofort auf dieses Kunstwerk eines Frühstückes zuzugehen. Mit großen Augen starrte sie auf den Tisch, der unter seiner Last beinahe zusammenbrach. *Das kann doch nicht wahr sein!*

»Wird hier noch jemand erwartet?«, fragte ihr Vater Nathan. »Das kann doch nicht alles für uns sein, oder?«

»Sieht jemand Kaffee?«, wisperte Evie, stellte sich auf Zehenspitzen und stützte sich an der Schulter ihrer Tochter ab, um den Tisch überblicken zu können. »Sie werden doch Kaffee dahaben, oder?«

Scotty unterdrückte ein Kichern. Dieses Schloss konnte sie mit Annehmlichkeiten überschütten – doch wenn der Kaffee hier nichts taugte, würde ihre Mutter schneller die Nerven verlieren, als jemand *Schlossgespenst* sagen konnte.

Im nächsten Moment flog eine Tür auf und ein gewaltiger Stapel Pancakes schwankte in den Raum hinein. Die Blackbirds konnten gerade noch aus dem Weg springen.

»Oh, guten Morgen«, flötete der Stapel. »Wie schön, Sie zu sehen.«

»Gleichfalls.« Nathan warf Scotty einen gleichermaßen verwunderten wie amüsierten Blick zu. »Brauchen Sie vielleicht Hilfe?«

»Nein, nein, ganz und gar nicht.« Der Stapel neigte sich gefährlich zur Seite und wurde schließlich erfolgreich auf dem Tisch abgeladen. Dahinter kam ein freundliches Gesicht zum Vorschein, umrahmt von kleinen Zöpfen, in die bunte Perlen eingeflochten waren. »Hallo, ich bin Zola und ich freue mich sehr, Sie kennenzulernen. Bitte nehmen Sie doch Platz und greifen Sie zu. Ich wusste leider nicht genau, was Sie für Vorlieben oder Allergien haben, daher habe ich eine kleine Auswahl von allem bereitgestellt.«

»Klein?«, murmelte Scotty ihrer Mutter zu, doch die hatte eine Kanne entdeckt und war bereits auf dem Weg dorthin. Kopfschüttelnd wählte Scotty einen Stuhl nahe dem Fenster. Der Blick nach draußen war einfach zu herrlich. Wo blieben nur die anderen? Als hätte er ihre Gedanken gehört, betrat Scottys großer Bruder den Raum und gähnte unverhohlen. Seine Haarbürste schien noch im Koffer zu stecken, denn mit seiner Wuschelmähne war die definitiv nicht in Berührung gekommen. Er ließ sich neben ihr auf einen Stuhl fallen und Scotty betrachtete stirnrunzelnd die schwarzen Haare auf seinem grauen Pullover. »Mit welchem Untier hast du denn jetzt schon wieder Freundschaft geschlossen?«

Constantin folgte ihrem Blick, zuckte vage mit den Schultern und schnappte sich blitzschnell einen der Pancakes. Weil er ein großartiger großer Bruder war, landete ein zweiter wenige Sekunden später auf Scottys Teller. Dann kam Dylan herein. Ihr Vater zog den Stuhl neben sich für seinen Freund beiseite.

Da wuselte Zola erneut in den Raum, dieses Mal mit einer gewaltigen Schüssel in Händen. Sie machte einen ziemlichen Hüpfer, als sie den Neuankömmling entdeckte. »Dylan!«

»Zola!« Dylan sprang mit neu gewonnenem Elan auf und umarmte die deutlich kleinere Frau. Hastig nahm Evie die Schüssel an sich und starrte ein bisschen verwundert auf den Inhalt. Scotty spähte über den Tisch. Waren das Körner? Wie ungewöhnlich. *Vielleicht eine schottische Spezialität?*

»Ich hörte, du hättest Urlaub?«

»Das Dienstmädchen hat mich angerufen, gleich nach eurer Ankunft, und ich habe sofort meine Pläne geändert. Ich konnte doch nicht wegbleiben, wenn du und deine Freunde, von denen ich schon so viel gehört habe, euch hier aufhaltet.« Sie spähte an ihm vorbei zu den Blackbirds herüber und machte einen kleinen Knicks. »Ich bin sehr erfreut.«

»Oh, wir auch!«, rief Evie zurück, die Nase dicht oberhalb ihrer Kaffeetasse.

Dylan tätschelte Zolas Hand. »Das hättest du wirklich nicht tun müssen, aber es ist schön, dich zu sehen. Vielleicht kannst du Licht ins Dunkel bringen? Wo steckt meine Tante?«

»Oh, ich fürchte …«

Ausgerechnet diesen Moment wählte Malcom für seinen großen Auftritt. Er trug einen dunkelroten Morgenrock und hielt an der Tür kurz inne, damit auch ja jeder Blick auf ihm landete. Constantin machte eine kurze Handbewegung in Scottys Richtung. *Eitler Pfau*, hieß das in ihrer Geheimsprache.

Scotty versteckte ihr Schmunzeln hinter ihrer Tasse.

»Einen wunderschönen guten Morgen zusammen, ich hoffe, Sie hatten alle eine gute Nacht.« Malcom nahm mit großer Geste am Kopf des Tisches Platz. »Bitte, greifen Sie zu, meine lieben Gäste.«

Nathan und Evie tauschten einen kurzen Blick. »Tatsächlich ist es bei uns üblich, vor den Mahlzeiten ein Gebet zu sprechen. Würde es Ihnen etwas ausmachen, wenn wir …?«

»Oh, aber nicht doch, nein, nur zu.« Malcom nickte ermutigend in die Runde.

Scotty glaubte einen Hauch Spott in seinen Augen zu erkennen und reckte trotzig das Kinn, während sie Constantin und Dylan, die rechts und links neben ihr saßen, je eine Hand hinstreckte. Auch die anderen fassten sich an den Händen und Nathan betete laut: »Großer Vater im Himmel, ich danke dir für die gute Nacht, die wir haben durften, dass wir auf Carraig Castle aufgenommen wurden und heil anreisen durften. Danke für das Essen, das wir vor uns haben dürfen. Bitte segne die, die es zubereitet haben, und schenke uns einen guten Tag in deiner Gegenwart. Amen.«

»Amen«, wiederholten die Blackbirds.

»Wie ... erfrischend«, kam es von Malcom, bevor er mit dem Finger auffordernd gegen seine Tasse tippte.

Mit gerunzelter Stirn beobachtete Scotty, wie Zola diese daraufhin füllte. *Konnte er das nicht selbst erledigen? Die Kanne stand nur ein paar Zentimeter vor ihm.*

»Nun, ich denke, wir sollten das weitere Vorgehen besprechen«, fuhr Malcom fort. »Leider hat man mir zugetragen, dass die Wetterverhältnisse sich nicht gebessert haben. Sie sind mit Ihrer Jacht angereist?«

»Es ist mehr ein Sportboot«, gab Nathan Auskunft und schenkte sich Tee ein. »Ein Freund hat es mir für die Reise geliehen.«

»Wie wundervoll. Ich würde es unheimlich gerne sehen und ... wie sagt man ... eine Runde drehen?«

»Sicher, gern.« Nathan nickte. »Sobald das Wetter sich bessert.«

»Großartig.« Malcom klatschte begeistert in die Hände. »Bis dahin bleiben Sie Gäste auf Carraig Castle, das versteht sich von selbst.«

Ach ja?, fragte sich Scotty verwundert. Gestern hatte es noch so gewirkt, als würde Malcom sie lieber früher als später wieder loswerden.

Woher der Sinneswandel? Oder ist er vielleicht von unserer plötzlichen Ankunft einfach etwas überrumpelt gewesen? Das kann schon möglich sein.

Sie beschloss, erst mal das Gute in ihm zu sehen und sich darauf zu konzentrieren. Und auf dieses grandiose Frühstück!

»Für wann hat meine Tante denn ihre Rückkehr angekündigt?«, fragte Dylan. »Ich würde gerne hier auf sie warten, wenn das keine zu großen Umstände macht.«

»Nun, tatsächlich hat sie sich dahin gehend sehr bedeckt gehalten.« Malcom räusperte sich unbehaglich und tupfte mit einer weißen Serviette über seinen Mund, obwohl sein Teller noch vollkommen leer war. »Ich denke, dass sie gut und gerne noch einige Wochen fort sein wird. Da wird Sie wohl die Langeweile ereilen. Aber Sie könnten ja zu einem späteren Zeitpunkt zurückkehren, nicht wahr?«

Dylan sah aus, als wollte er widersprechen, unterließ es dann aber doch, was Scotty sehr verwunderte. Sie entdeckte, dass Zola ihren Blick fest auf Dylan gerichtet hielt. Hatte sie ihm ein Zeichen gegeben? Scotty hatte ein merkwürdiges Gefühl bei der Sache. »Gut, dann ist es entschieden.« Nathan bemühte sich, die Stimmung wieder aufzuhellen. »Möchte jemand Rührei?«

Im nächsten Moment stieß Zola einen leisen Schrei aus, eilte an den Tisch und riss die große Schüssel herunter, die sie vorhin mitgebracht hatte. »Entschuldigen Sie bitte«, flüsterte sie mit hochrotem Kopf. »Das ist eigentlich für die Hühner!«

Constantin prustete erstickt los, während sich auf Malcoms Gesicht Fassungslosigkeit breitmachte. Scotty grinste hinter ihrem Pancake. *So viel zu der schottischen Spezialität.*

Scotty schlenderte durch den breiten Gang und murmelte leise Dylans Wegbeschreibung vor sich hin. »Den Flur hinunter und dann an der Statue, die aussieht wie Robin Hood, links abbiegen. Ah!« Sie nickte der Statue zu, die wirklich verblüffende Ähnlichkeit mit Kevin Costner als Robin aufwies. »Sehr erfreut, Mylord.«

Der Rest des Weges war ein Kinderspiel und schon tauchte die doppelflügelige Tür vor ihr auf. Goldene Buchstaben verkündeten stolz: *Bibliothek.*

Während die Erwachsenen aufgebrochen waren, hatte Scotty darum gebeten, sich hier umsehen zu dürfen. Malcom hatte mit einem nachlässigen Wedeln der Hand reagiert. Er schien mit Kindern nicht so wirklich viel anfangen zu können. Constantin war ebenfalls nicht mitgegangen, sondern hatte sich auf die Suche nach dem Hühnerstall gemacht. Scotty jedoch zog es hierher, schon seit Dylan ihr das erste Mal von diesem Ort erzählt hatte. Behutsam öffnete sie die Tür, schlüpfte hinein und dann verschlug es ihr zum zweiten Mal an diesem Tag den Atem.

Die Bibliothek war *riesig*! Regale bis zur Decke, voll mit Büchern jeder Farbe und Größe. Eine geschwungene Treppe führte zu einer Galerie hinauf, wo Scotty weitere Regale erahnte. Bodentiefe Fenster spendeten ausreichend Licht und im hinteren Teil des Saals war eine Ecke mit Sitzgelegenheiten. Scotty legte den Kopf in den Nacken und blickte zur Decke hinauf, die hoch oben über ihr schwebte. Sie war dunkelblau bemalt worden und verziert mit Abertausenden von Sternen und Planeten. Ein leicht hysterisch klingendes Lachen schlüpfte über Scottys Lippen. So viele Bücher, sie würde mehr als ein Leben brauchen, um sie alle lesen zu können!

Freudig begann sie ihren Streifzug, strich mit den Fingern über die Werke von Shakespeare und entdeckte eine ganze Wand voll mit Kriminalromanen. Sie fand auch Geschichtsbücher, Gedichtbände und Liebesromane, alles fein säuberlich in die Regale geschoben. Die Gräfin schien einen recht breit gefächerten Geschmack zu haben. Oder aber sie wollte, dass jeder ihrer Gäste etwas Passendes für sich fand.

Scotty bog um ein Regal und hielt inne. Mit einem Mal hatte sie das Gefühl, beobachtet zu werden. Mit einem leisen, unauffälligen Summen drehte sie sich einmal um sich selbst und gab vor, von den Büchern völlig fasziniert zu sein – was ihr nicht schwerfiel. Dieser Ort war wirklich überwältigend. Entdecken konnte sie niemanden, bis auf … »Oh, hi!« Scotty winkte zu der Statue eines schwarzen Raben hinauf. Er saß auf einem der Regale, die Flügel ausgebreitet. »Starrst du mich hier so an?«

Der Rabe gab keine Antwort. Gut. Alles andere wäre auch unheimlich gewesen.

Scotty entdeckte eine Leiter, die an dem Regal befestigt war, und kletterte kurz entschlossen hinauf. Vielleicht verbargen sich in den oberen Reihen ja Kinderbücher?

Eher unwahrscheinlich, dachte sie, doch da war sie schon einige Sprossen hinaufgeklettert. Sie erspähte eine alte Ausgabe von *Robin Hood* und zog sie behutsam hervor. Der Einband war ganz abgenutzt, als ob das Buch schon viele Male gelesen worden wäre. Scottys Blick huschte über die Reihe. *Richard Löwenherz, König Arthur ... oh!* Ihr Blick verweilte auf einer Ausgabe der *Drei Musketiere. Robin Hood* unter den Arm geklemmt, streckte sie sich zur Seite und angelte mit den Fingerspitzen nach dem Buch. *Noch ein winziges bisschen ...*

Im nächsten Moment rutschte die Leiter, die an Rollen an dem Regal befestigt war, ein Stückchen zur Seite. Scotty verlor den Halt. Ihr Fuß rutschte von der Sprosse, *Robin Hood* glitt unter ihrem Arm hervor und schlug mit einem lauten Knall auf dem Boden auf. Scotty stieß einen erschrockenen Laut aus und krachte mit der Hüfte hart gegen etwas Spitzes. Ein Kratzen und Scharren erklangen. Einen furchtbaren Moment lang wankte Scotty gefährlich, dann endlich packten ihre Finger die Sprosse der Leiter fester und sie fand ihr Gleichgewicht wieder. Mit klopfendem Herzen presste sie sich an die Leiter und versuchte, wieder zu Atem zu kommen.

Danke Gott, dachte sie. *Danke, dass ich nicht abgestürzt bin!*

Behutsam tastete sie sich den Weg nach unten und wollte sich gerade bücken, um nach dem abgestürzten Buch zu greifen, als ihr Blick auf das Regal vor ihr fiel.

Und dann klappte Scotty zum dritten Mal für heute die Kinnlade herunter.

Kapitel 7

Der falsche Wurm im Hühnerstall

Constantin

Constantin saß so still, wie er nur konnte. Das Huhn streckte seinen Hals noch ein kleines bisschen mehr, es ließ ihn nicht aus den Augen. Und dann pickte es blitzschnell nach seinem Schnürsenkel. Constantin grinste in sich hinein. »Ich fürchte, das ist kein Wurm.«

Das Huhn wirkte ein kleines bisschen enttäuscht und raschelte mit den Flügeln. Es war komplett weiß und wirkte ausgesprochen flauschig, allerdings ein bisschen klein. Constantin hatte gesehen, wie eine andere Henne nach dem Tier gepickt hatte, und dafür gesorgt, dass es eine Extraportion gepickt hatte, als er das frische Futter gebracht hatte. Er hatte Zola gefragt, ob er das Füttern übernehmen dürfe, und sie hatte nichts dagegen gehabt.

Das Gehege war wirklich groß. Constantin saß auf einem umgekehrten Eimer und beobachtete die Tiere. Es waren ungefähr zwanzig Stück, in jeder Farbe, Form und Größe.

Constantin rollte mit den Schultern. Ein Schauer lief seinen Rücken hinab. Es fühlte sich an, als würde ihn jemand beobachten. Und zwar kein Huhn. Möglichst unauffällig ließ er den Blick über die Gegend außerhalb des Stalles wandern. Hier hinter dem Schloss standen wunderschöne, hochgewachsene Obstbäume. Zwar waren ihre Blätter schon verfärbt, aber das Laub hielt sich noch. Es gab auch Hecken, Sträucher und ein Gewächshaus. Ein Königreich der Verstecke. Constantin blickte zum Anwesen hinauf. Hinter den Fenstern war, soweit er es von seinem Platz aus beurteilen konnte, niemand zu sehen. Vielleicht lauerte der Butler Edward irgendwo. An dem Typen war etwas seltsam.

Eine Elster flog unter lautem Schimpfen aus einem der Apfelbäume auf. Constantin blinzelte hinüber. War da nicht eine Bewegung zwischen den Ästen? Ein Tier? Oder etwas anderes? Constantin schnaubte. Wer sollte sich denn hier auf einem Baum verstecken? Er ließ sich schon von Scottys Abenteuerbüchern anstecken. Auf der anderen Seite … Da war immer noch das Erlebnis von letzter Nacht.

Seufzend streichelte er über die Federn des Huhns und richtete sich auf. »Bis später, Kleines. Ich geh mal kurz das Schlossgespenst jagen.«

Er balancierte zwischen den herumwuselnden Hühnern durch das Gehege und verschloss die Tür sorgfältig hinter sich. Dann schlenderte er mit den Händen in den Hosentaschen über das Grundstück. Nicht direkt auf den Baum zu, er war ja kein Anfänger. Er würde hier an der Hauswand langgehen und dann einen Bogen schlagen, da vorne, wo … In nächsten Moment hörte Constantin ein Geräusch hinter sich und eine Hand legte sich auf seine Schulter.

»Uuargh!« Constantin verschluckte sich beinahe an seinem Aufschrei. Doch dann reagierte er, packte die fremde Hand und warf seinen Oberkörper nach vorne, wie Dylan es ihm gezeigt hatte.

»Ahhh!«

Ein Körper segelte über Constantin hinweg und kam mit einem *Rums* auf dem Gras auf. Constantin starrte auf seine kleine Schwester hinunter, die leise ächzte, aber mit einem überraschten Grinsen zu ihm hochsah.

»Hey, du hast es endlich hinbekommen! Dylan wird so stolz auf dich sein!«

»Was zum Geier … Scotty!« Constantin raufte sich die Haare. »Warum schleichst du dich so an mich an? Hast du sie noch alle?«

Scotty rappelte sich auf und klopfte sich Dreck von der Hose. »Ich wollte dich holen, ich muss dir was zeigen.«

»Und deswegen lauerst du mir hier auf?«

»Ich wollte nicht, dass uns jemand sieht. Edward schleicht durchs Haus wie ein großes, schlecht gelauntes Schlossgespenst. Und ich habe etwas entdeckt, du wirst Augen machen! Komm jetzt!« Und damit schnappte sie nach Constantins Hand und zerrte ihn mit ins Haus.

Und der Schatten im Baum blieb hinter ihnen zurück.

»Also, was ist es? Eine signierte Ausgabe von *Ein Sommernachtstraum* oder doch von *Sherlock Holmes*?«

»Wow, du kennst ein Buch von Shakespeare, ich bin ja so beeindruckt.« Scotty verdrehte die Augen. »Bleib da stehen, okay?«

»Wieso liegt da ein Buch auf dem Boden?«

»Oh.« Scotty hob das Buch auf. »Das gehörte zur Findungsphase.«

»Zur was?«

»Hast du zufällig einen Wurfanker?«

»Sehe ich für dich vielleicht aus wie Batman?«

»Schade.« Scotty zuckte mit den Schultern, dann begann sie, die schmale Leiter an dem Bücherregal zu erklimmen.

Constantin stemmte genervt die Hände in die Hüften. »Ernsthaft, wenn du nicht ...« Im nächsten Moment streckte Scotty sich und drückte den Flügel einer Rabenstatue auf dem Regal hinunter. Erst passierte gar nichts. Doch dann glitt mit einem leisen Scharren ein Stück des Regals zur Seite! Constantin klappte die Kinnlade herunter.

»Ich habe einen Geheimgang gefunden!«, jubelte Scotty und sprang zu Boden. »Ist das nicht abgefahren?«

»Wie um alles in der Welt hast du das angestellt?«

»Ach ... du weißt schon ... die Blackbird-Gene.«

Constantin entging nicht, dass Scotty sich verstohlen die Hüfte rieb, als hätte sie Schmerzen. Aber er verkniff sich das Nachfragen und trat stattdessen auf den Gang zu. »Schwer zu sagen, wie weit er geht. Es ist ziemlich finster da drin, aber die Luft scheint okay. Wir werden Licht brauchen, um …« Er wandte sich zu Scotty um, die ihm triumphierend ihre Taschenlampen unter die Nase hielt. »Die habe ich geholt, bevor ich dich suchen gegangen bin. Also, wollen wir?«

Und wie sie wollten. Mit klopfenden Herzen und leuchtenden Taschenlampen betraten Scotty und Constantin den geheimen Gang. Es roch muffig und Staub wirbelte unter ihren Schritten auf. Tja, hier war die Putzfrau wohl eher selten unterwegs. Constantin leuchtete über die Wände. Stein und Holz wechselten sich hier ab. Beides wirkte ziemlich alt. Vor ihnen gabelte sich der Weg. Etwas leuchtete im Schein seiner Taschenlampe auf. »Scotty«, flüsterte Constantin. »Sieh doch.«

Sofort war seine Schwester neben ihm. Vorsichtig fuhr sie mit dem Zeigefinger über die weiße Spur an der Wand. »Das ist Kreide.« Sie legte den Kopf schief. »Heißt das ›Kaminzimmer‹?«

»Ich glaube schon.« Constantin leuchtete zur anderen Seite des Ganges. »Schau hier. Hier steht ›Küche‹.«

Scotty wählte den Weg in Richtung Kaminzimmer und ging weiter, während sie laut überlegte: »Also hat jemand diese Gänge beschriftet? Das ist aber sehr zuvorkommend.«

»Und es scheint noch nicht so lange her zu sein, sonst wäre die Kreide nicht so gut erhalten, oder?«

»Das bedeutet also, es war jemand vor uns hier. Und das vor nicht allzu langer Zeit.«

Aus einem Impuls heraus leuchtete Constantin auf den Boden und schluckte. Da waren Fußspuren im Staub. Verwischt, aber zu erkennen. Sie waren wirklich nicht die Ersten, die diese Gänge entdeckten. Die Frage war nur: Waren sie jetzt allein? Oder schlich hier noch jemand herum?

Plötzlich war da wieder dieses Gefühl, beobachtet zu werden. Es begann in seinem Nacken und arbeitete sich seine Wirbelsäule hinunter, kitzelte an seinen Rippen und schickte ein leichtes Zittern in seine Knie. Waren da Schritte? Hinter ihnen? Constantin hielt inne, doch Scotty wanderte munter weiter den Gang entlang und der Schein ihrer Taschenlampe ließ Schatten an den Wänden tanzen.

»Scotty«, flüsterte Constantin, während sein Herz schneller und schneller schlug. Plötzlich war er sich sicher, dass sie nicht allein waren.

Im nächsten Moment hallte ein Schrei durch das Schloss.

Kapitel 8
Botschaft aus dem Nichts

Scotty

Scottys Herz flatterte in ihrer Brust wie ein aufgescheuchtes Huhn. Fiese Seitenstiche piksten hinter ihren Rippen und sie war völlig aus der Puste. Der Schrei war im Gang gar nicht so laut gewesen, hatte ihr aber trotzdem einen ordentlichen Schreck eingejagt. Hals über Kopf war sie mit Constantin zurückgerannt, fort aus der Dunkelheit. An einer Krümmung war sie gestürzt und hatte sich das Knie aufgeschlagen, aber Constantin hatte sie hochgezogen und sie waren weitergerannt, hatten nicht innegehalten, bis sie gemeinsam das Regal wieder an seinen Platz schieben und den Geheimgang verschließen konnten.

Nun rannten sie in die Richtung, aus der der Schrei gekommen war. Aufgeregte Stimmen wiesen ihnen den Weg und führten die Geschwister zur Schlossküche. Dort rang Zola aufgeregt die Hände und wirkte völlig aufgelöst.

»Was ist passiert?« Scotty kam schliddernd zum Stehen. Hinter Zola lagen Scherben am Boden und dazwischen eine helle Masse, die verdächtig nach Pudding aussah. »Wir haben einen Schrei gehört!«

Der Geruch nach irgendetwas Verbranntem stieg Scotty in die Nase und sie verzog das Gesicht.

»Er war plötzlich da, ich hab mich so erschrocken. Und er sicher auch. Das arme Ding.« Zola rang die Hände. »Habt ihr ihn gesehen?«

»Wen gesehen?«, fragte Constantin und versuchte, die Taschenlampe unauffällig hinter seinem Rücken zu verstecken.

»Den Kater! Ein schwarzer Kater. Er saß ganz plötzlich auf meiner Arbeitsplatte und hat mich angefaucht. Ich habe vor lauter Schreck den Nachtisch fallen lassen und dann sind meine karamellisierten Nüsse angebrannt.«

»Ein schwarzer Kater?«, hakte Constantin nach. »Hatte er nur drei Beine?«

»Es ging sehr schnell, aber jetzt, wo du es sagst ... mit einem seiner Vorderbeine schien etwas nicht zu stimmen!«, nickte Zola, während Scotty die Augen verdrehte. War ja klar, dass Constantin genau über diesen tierischen Gast Bescheid wusste.

Im nächsten Moment flitzte das Dienstmädchen in die Küche. »Edward kommt!«, zischte sie und verschwand so schnell, wie sie gekommen war.

Ehe sie groß reagieren konnten, näherten sich Schritte und schon erschien der Butler mit wehendem Sakko in der Tür.

»Was geht hier vor sich?«, verlangte er zu wissen und sein Blick sprang ungnädig zwischen der Köchin und den Kindern hin und her. »Was hat dieser Aufruhr zu bedeuten?«

»Entschuldigen Sie, Edward. Mir ist ein Missgeschick passiert.«

»Eine Katze hat sie erschreckt«, warf Scotty ein. »Es war nicht Zolas Schuld.«

»Eine Katze?« Edwards ohnehin schon zusammengekniffenen Augen wurden noch schmaler und Scotty bereute ihre Worte im selben Augenblick. »Wie kommt eine *Katze* ins Haus? Das ist ungeheuerlich! Ich dulde kein Ungeziefer auf dem Grund und Boden unserer Gräfin!«

»Es war ein Kater und er ist ja wohl kaum ...«, setzte Constantin an, doch Zola machte eine verstohlene Handbewegung, um ihn zum Schweigen zu bringen.

»So etwas wird nicht wieder vorkommen«, versprach sie mit einem höflichen Lächeln.

»Das hoffe ich sehr.« Edward wirkte nur mäßig besänftigt. Sein Blick glitt an Scotty hinab und blieb an ihrem aufgeschürften Knie hängen. »Wirklich eine Schande«, kommentierte er. »Wenn das Ihre Ladyschaft wüsste. Zola, ich erwarte, die Küche in einwandfreiem Zustand vorzufinden, verstanden? Außerdem wünscht Lord Malcom Sandwiches und Tee, sobald er und seine Gäste zurückkehren.«

»Sehr wohl.« Zola knickste. »Ich werde mich darum kümmern.«

Mit einem unwirschen Brummen verschwand Edward wieder. Sobald er den Raum verlassen hatte, schien es in der Küche wieder etwas heller und fröhlicher zu werden.

»Tut mir leid«, entschuldigte sich Zola bei Constantin. »Natürlich hast du recht. Nur wenn Edward in dieser Stimmung ist …«

»Ja, verstehe schon.« Constantin schüttelte den Kopf. »Er ist kein sehr angenehmer Zeitgenosse.«

»Ach, er hat ein gutes Herz. Für ihn ist es auch nicht leicht, ohne die Gräfin. Er arbeitet schon seit seiner Jugend für sie.« Zola rieb sich über die Augen. »Warum seid ihr eigentlich so staubig?«

Die Geschwister sahen einander an. Tatsächlich. Scottys Beine waren von ihrem Sturz voller Staub und an Constantins Schulter klebten Spinnweben.

»Äh …« Scotty suchte fieberhaft nach einer Antwort. Sie mochte Zola. Aber konnten sie ihr von den Gängen erzählen? Was, wenn sie es weitersagte und Edward ihnen verbot, dort herumzustöbern? Das Abenteuer hatte doch gerade erst begonnen.

»Vielleicht geht ihr hoch und zieht euch um, ehe eure Eltern oder Lord Malcom euch so sehen. Wir wollen ja keine unnötige Aufmerksamkeit, nicht?« Zola zwinkerte ihnen zu.

»Geht in Ordnung«, sagte Constantin und Scotty spürte seine Erleichterung. »Aber erst helfen wir dir hier beim Saubermachen. Der Pudding ist ja fast bis an die Decke gespritzt!«

»Ist dir an Edward etwas aufgefallen?«, fragte Constantin, als sie wenig später zu ihren Zimmern zurückgingen.

»Du meinst, sein Level an Griesgram?«

»Das sowieso, aber hast du seine Hose nicht gesehen?«

»Seine Hose?«

»Ja, seine *Hose.*«

»Was ist damit?«

»Sie war schmutzig! Staubig, um genau zu sein. Scotty, was, wenn das im Gang Edwards Fußspuren waren? Was, wenn er auch dort war?«

Beinahe wäre Scotty bei diesem Gedanken über die Kante eines alten Teppichs gestolpert. »Das wäre irgendwie seltsam.« Sie versuchte, sich Edward in diesem Gang vorzustellen, aber es gelang ihr nicht wirklich. »Was soll er da getrieben haben?«

»Ich habe keine Ahnung. Aber irgendwie ist das alles merkwürdig. Findest du nicht?«

Scotty zuckte mit den Schultern und ging weiter. »Na ja, Geheimgänge in einem alten Schloss sind jetzt nicht so seltsam. Und dass wir nicht als Erste da unten waren, ist auch irgendwie klar.«

»Und das mit der Gräfin?«

»Vielleicht hat sie unseren Besuch wirklich vergessen und ist irgendwo, wo sie keinen Empfang hat.«

Constantin schüttelte den Kopf. »Ach, ich weiß auch nicht. Letzte Nacht, da ... ich denke, ich habe etwas gesehen.«

»Etwas gesehen?« Scotty blieb vor ihrer Zimmertür stehen und starrte ihren Bruder an. »Was denn?«

»Das weiß ich auch nicht so genau. Aber ich denke, es war jemand draußen.«

»Vielleicht der Nachtwächter. Dylan hat gesagt, dass es hier einen gibt. Das könnte doch sein.«

»Ja«, murmelte Constantin. »Könnte sein.« Er schüttelte sich. »Ich glaube, die Spinne, zu der diese Spinnweben gehören, sitzt irgendwo auf mir.«

»Ich bin auch für eine Dusche. Und ich hoffe, unsere Eltern sind bald zurück. Sandwiches und Tee klingen ziemlich wundervoll.«

»Dann bis gleich.«

Scotty betrat ihr Zimmer und schloss die Tür hinter sich, während sie schon aus ihren Schuhen schlüpfte. Ihr Knie schmerzte, es war aber nicht weiter schlimm. Ihr Blick huschte zu ihrem Handy auf dem Nachttisch. Ein kleines grünes Leuchten zeigte an, dass sie eine neue Benachrichtigung hatte. Bestimmt Vi. Heute war der Tag ihres Zahnarzttermins und Scotty hatte ihr am Morgen noch alles Gute gewünscht. Scotty hielt inne. Auf ihrem Kopfkissen lag ein zusammengefaltetes Stück Papier.

Misstrauisch sah sie sich um. Wer war in ihrem Zimmer gewesen? Das Dienstmädchen? Aber warum sollte sie Scotty eine Nachricht hinterlassen?

Mit spitzen Fingern nahm Scotty das Papier hoch und starrte auf die krakelige Handschrift.

Vertraut Malcom nicht!
Und habt ein bisschen Respekt,
wenn ihr durch meine
Gänge schleicht!

Die Grinsekatze

Scotty wusste nicht genau, wie lange sie den Zettel angestarrt hatte. Das Geräusch eines Automotors riss sie schließlich aus ihrer Starre. *Jemand war hier. In meinem Zimmer!* Der Gedanke blitzte immer wieder durch ihren Kopf.

In rasender Geschwindigkeit überprüfte sie die Fenster – verschlossen. Mit der Hand tastete sie über die Wand, drückte und schob mit zitternden Fingern. Nichts. Allerdings hatte sie ihre Tür nicht abgeschlossen. Wer immer hier gewesen war, hatte einfach so reinspazieren können. Mit klopfendem Herzen lehnte Scotty sich gegen die Tür – und zuckte heftig zusammen, als jemand von der anderen Seite dagegenklopfte.

»Scotty, Spätzchen, bist du da?«

»Hey, Mum«, rief Scotty zurück und versuchte, das Zittern in ihrer Stimme zu verstecken. »Ich wollte kurz duschen gehen.«

»Okay, wir sind im Kaminzimmer und wärmen uns etwas auf. Bis gleich.«

Kapitel 9
Ein verlockendes Angebot

Scotty

Die Zeit unter der Dusche half Scotty, sich zu beruhigen und ihre Gedanken zu sortieren. Sie hatte an Constantins Tür geklopft, nachdem ihre Mutter gegangen war, doch er hatte nicht geöffnet. Auch auf dem Weg zum Kaminzimmer hatte sie ihren Bruder nicht abfangen können.

Ihre Eltern und Dylan saßen am Feuer. Scottys Lächeln verblasste, als sie sah, dass auch Malcom im Raum war. Vor ihm würde sie auf gar keinen Fall etwas von dem Zettel sagen. Oder den Geheimgängen.

»Töchterchen.« Nathan winkte Scotty zu sich. »Ich dachte, wir würden dich in der Bibliothek finden, umgeben von Büchern.«

»Ja, hast du sie etwa nicht entdeckt?«, fügte Dylan hinzu und verschlang mit zwei Bissen ein Gurkensandwich.

»Doch, doch, ich habe sie gefunden.« Scotty setzte ein Lächeln auf und war dankbar, dass Zola ihr einen Becher reichte, um den sie ihre verräterisch unruhigen Hände schließen konnte. »Wirklich beeindruckend«, fuhr Scotty fort und stellte sich vorsichtig Malcoms Blick. »Gab es die Bibliothek schon immer?«

»Ja, aber sicher, sie ist schon seit Jahrhunderten Teil des Schlosses. Angeblich ist sogar Rob Roy einmal hier gewesen auf der Flucht vor den Engländern.« Er zwinkerte Scotty neckisch zu. »Wir haben uns nicht immer so gut mit denen verstanden, weißt du?«

Scotty versuchte, sich nicht anmerken zu lassen, wie seltsam sie diese Aussage fand. »Also ist hier alles noch original?«

»Nicht ganz«, warf Zola ein. »Einer der Flügel wurde in den 80er-Jahren von einem Feuer stark beschädigt und musste fast ganz erneuert werden. Es war nicht leicht, alles wieder zu rekonstruieren, nicht wahr, Lord Malcom?«

»Oh, ähm, ja sicher, da wollte ich noch drauf zu sprechen kommen, ja … das Feuer … schlimme Sache. Es brach plötzlich aus. Wirklich schrecklich. Völlig unbemerkt. Merk dir das, Kleine, niemals einen Kamin unbeaufsichtigt lassen …«

Scotty setzte sich unwillkürlich gerader hin, um größer zu wirken.

»War es nicht ein Blitzschlag?«, äußerte sich Dylan. »Fiona hat mir davon erzählt.«

»Ähm, ja, natürlich, Entschuldigung, ich werfe da etwas durcheinander. Ja, ein Blitzschlag. Schlimme Sache.«

Dylans Miene war ganz ausdruckslos geworden und Scotty lief ein Schauer über den Rücken. Sie kannte ihn gut genug, um zu wissen, dass er auf der Hut war.

»Malcom, erzähl uns doch deine Geschichte. Wie hast du herausgefunden, dass du mit Lady Fiona verwandt bist?«

»Das war vor ungefähr einem Jahr. Im Sommer. Damals hatte ich gerade die Tagebücher meiner Mutter und damit auch mein Erbe gefunden. Es war ein sehr einprägsamer Moment für mich, musst du wissen. Ich las sie während meiner Zeit in South Carolina. Ich habe dort geholfen, eine neue Wasserleitung in das Reservat der Cherokee zu legen. Wisst ihr, die alte war beschädigt worden, und diese armen Menschen ... ich musste einfach helfen.« Malcom presste sich eine Hand auf die Brust. »Und dann hat sich mein Leben völlig geändert. Nie hätte ich erwartet, dass ich einmal hier sein würde. Und doch fühlt es sich an, als wäre ich jetzt endlich angekommen. Ich spüre, das ist der Ort, an den ich gehöre. Die Geschichte ist endlich wieder geradegerückt und Carraig Castle hat seinen Erben gefunden.«

»Dann war also deine Mutter eine Verwandte?«

»So ist es, die Cousine von Lady Fiona. Doch ihr Vormund hat es ihr verheimlicht. Er nahm sie auf, als meine Großeltern starben. Aus welchem Grund er dies Unrecht beging, vermag ich euch nicht zu sagen. Doch die Wahrheit lässt sich nicht auf Dauer verbergen!«

Scotty starrte Malcom an und wusste nicht, wie sie reagieren sollte. Mit dieser hochtrabenden Sprache konnte sie nichts anfangen, aber seine Geschichte klang unglaublich spannend. Da bemerkte sie plötzlich, wie Zola und Dylan einen verstohlenen Blick tauschten. Was hatte das zu bedeuten? Und hatte Dylan die Gräfin inzwischen erreichen können? Vermutlich nicht, dann hätte er das wohl gesagt.

In diesem Moment betrat Constantin endlich das Kaminzimmer. Er wirkte ein bisschen außer Atem und an seinem Hemd klebte eine weiße Hühnerfeder.

Malcom strahlte ihn an. »Damit sind wir vollständig! Wer hat Lust auf einen gemütlichen Brettspieleabend?«

Nathan räusperte sich. »Nun, es ist so, dass wir Nachricht vom Hafen erhalten haben. Das Wetter bessert sich heute Nacht. Darum würden meine Frau, meine Kinder und ich morgen abreisen und Ihnen nicht länger zur Last fallen.«

»Was?«, riefen Scotty und Constantin wie aus einem Mund. *Abreisen? Nein!*

»Es wäre sicher besser«, pflichtete Evie ihrem Mann bei. »Wir sind hier so eingefallen.«

»Ich will nicht gehen!«, protestierte Scotty. »Und was ist denn mit Dylan?«

»Ich werde bleiben, bis ich meine Tante erreicht habe.« Dylan nickte Malcom zu. »Sollte ich hier aber nicht willkommen sein, kann ich im Dorf unterkommen, das wäre kein Problem.«

Einen Moment lang spiegelten sich die unterschiedlichsten Gefühle auf dem Gesicht des Lords und fochten einen stummen Kampf aus. Oder täuschte sie bloß das Licht des flackernden Kamins? Nein, Scotty war sich sicher, dass Malcom gerade sehr mit sich rang.

Doch dann sprang er auf und breitete dramatisch die Arme aus. »Aber Dylan, wie kannst du so etwas sagen? Wir sind doch quasi eine Familie! Und wie könnte ich nicht dankbar für Gesellschaft sein? Ihr solltet bleiben, ihr alle. Bleibt hier in meinem bescheidenen Zuhause und fühlt euch ganz wie in eurem eigenen. Das wird lustig, ihr werdet sehen.«

Scotty atmete auf und sah, wie Constantin das Gleiche tat.

»Ich weiß nicht«, sagte Evie zögernd. »Vielleicht sollten wir …«

»Aber Mama, er hat uns eingeladen!«, fiel Constantin ihr ins Wort. »Und ich möchte bleiben.«

»Ich auch!«, sprang Scotty ihrem großen Bruder bei. »Das Schloss ist cool.«

Malcom plusterte sich auf, als hätte sie ihm damit ein Kompliment gemacht. *So ein schräger Kerl.*

»Ich denke, ich weiß, wie ich die Entscheidung für euch vereinfachen kann«, gab er sich geheimnisvoll. »Carraig Castle ist sehr groß und es scheint mir, als hätte Tante Fiona mich längst nicht in all seine Geheimnisse eingeweiht. Hier haben sich im Lauf der Jahre einige Schätze angesammelt. Und wer wäre besser darin, sie zu finden und zu begutachten, als die Blackbirds, eine Familie von Schatzjägern?«

Scotty hätte ihm gern irgendwie zu verstehen gegeben, dass er die Klappe halten sollte. Ihr Vater war ziemlich allergisch gegen die Bezeichnung *Schatzjäger*.

Und tatsächlich richtete sich Nathan in seinem Sessel ruckartig auf und begann den Kopf zu schütteln. »Wir sind keine …«

»Ihr habt die vielen Gemälde sicher bemerkt. Was, wenn ich euch nun sage, dass auch eins von Godric Stuart darunter sein soll? Es war im Besitz der Familie, gilt aber inzwischen als verschollen. Aber was, wenn es noch immer hier wäre?«

»Wer ist Godric Stuart?«, fragte Constantin verwundert und schnappte sich eins der Sandwiches.

»Er gehörte zum englischen Königshaus, doch man sagt ihm nach, dass er mit der schottischen Krone sympathisierte. Beweise gibt es dafür jedoch nicht.« Evie saß nur noch auf der Kante ihres Sessels. Scotty konnte sehen, wie die Augen ihrer Mutter funkelten. »Geschichtlich belegt ist, dass er drei Bilder gemalt haben soll. Aber bisher ist keins gefunden wurden, nur Fälschungen und Kopien.«

»Und was ist so besonders an diesen Bildern?«, fragte Scotty, die irgendwie nicht ganz folgen konnte.

Evie setzte zum Weiterreden an, stoppte dann aber und schüttelte den Kopf. »Sie sind historisch betrachtet sehr wertvoll«, erklärte sie schließlich. »Liebhaber wären entzückt, ein solches Bild sehen zu dürfen. Zumal man Stuart eine große Fingerfertigkeit nachsagt.«

»Ganz davon abgesehen, dass es heißt, er habe in seinen Bildern einen Hinweis versteckt«, warf Dylan ein, der bis dahin auffällig still gewesen war.

»Einen Hinweis worauf?«, meldete sich Zola.

»Auf ein Geheimnis der Krone.« Evie sah nachdenklich

aus dem Fenster. »Irgendein Detail von großer geschichtlicher Bedeutung. Aber das ist nichts als Gerede! Geschichten bauschen sich im Laufe der Jahre auf und diese hatte Jahrhunderte, um zu wachsen.«

»Und doch wäre es eine große Entdeckung, nicht wahr?« Malcom wirkte ein bisschen wie eine Katze, die die Maus schon in der Falle wähnte. »Sie würden das Bild gerne finden, nicht wahr, Evie?«

Evie Blackbird nickte sehnsüchtig. »Ja, das würde ich.«

»Dann ist es beschlossen.« Malcom klatschte freudig in die Hände. »Ihr bleibt, ihr alle, und wir begeben uns auf Schatzjagd. Wie wäre es, wollen wir uns gleich im Arbeitszimmer zusammensetzen? Dort gibt es eine Menge Aufzeichnungen über das Schloss, Haushaltsbücher, Verträge, Abrechnungen, all so etwas.«

»Aber ...« Evie zögerte. »Die Gräfin ... Wird sie nicht empört sein, wenn wir so in ihrem Heim herumstöbern?«

»Ach nein, so ist Tante Fiona nicht«, winkte überraschenderweise Dylan ab und Malcom nickte eifrig. »Genau, das macht ihr nichts, na los! Zola, seien Sie doch so gut und bringen Sie uns die Sandwiches nach.«

»Sehr wohl, Mylord.«

Die Erwachsenen folgten ihm aus dem Raum. Scotty und Constantin blieben ein bisschen überrumpelt zurück und sahen sich verdutzt an.

»Nun«, sagte Scotty. »Das lief irgendwie nicht, wie ich erwartet hatte, aber mit dem Ergebnis können wir zufrieden sein, oder?«

»Dies dünkt mich ebenfalls so«, verkündete Constantin grinsend und griff sich gleich zwei weitere Sandwiches. »Mann, sind die großartig!«

»Wo hast du eigentlich gesteckt? Schon wieder bei den Hühnern? Ich muss dir unbedingt etwas erzählen, und zwar war in meinem Zimmer …«

Constantin unterbrach sie mit einer schnellen Handbewegung und einem eindringlichen Kopfschütteln. Scotty verstummte abrupt. Was wollte Constantin ihr bloß sagen?

Ihr Bruder klemmte sich eins der Sandwiches zwischen die Zähne und machte mit der nun freien Hand ein Zeichen. *Nicht allein.*

Scotty riss die Augen auf und verhielt sich mucksmäuschenstill. In diesem Moment hörte sie, wie sich leise Schritte auf dem Flur entfernten. Irgendjemand hatte vor der Tür gestanden und gelauscht!

Constantin ging hin, schloss sie und überprüfte danach die Fenster. »Dieses Schloss hat überall Ohren«, flüsterte er schließlich. »Wir müssen vorsichtig sein.«

»Es hat nicht nur Ohren, es kann auch schreiben«, flüsterte Scotty zurück und zog den Zettel hervor, der schon die ganze Zeit ein Loch in ihre Hosentasche zu brennen schien. »Schau, was auf meinem Bett lag.«

Constantin faltete den Zettel auseinander und seine Augenbrauen hüpften überrascht in die Höhe. »Nun, das ist sehr interessant.«

»Interessant? Ich habe einen totalen Schreck bekommen

und dich gesucht! Aber du hast mit deinen Hühnchen gekuschelt, du ...«

»Scotty, ich war nicht einfach bei den Hühnern, okay? Ich habe nach Spuren gesucht. Ich bin mir sicher, dass mich heute jemand dort beobachtet hat.«

»Du meinst ...«

»Kurz bevor du mich in die Bibliothek geschleift hast, ja!«

»Und hast du etwas gefunden?«

»Habe ich.« Constantin griff ebenfalls in die Hosentasche und zog ein goldenes Armband hervor. »Das hier lag unter einem der Obstbäume. Und zwar noch nicht lange, so sauber, wie es aussieht.«

Staunend nahm Scotty das Schmuckstück in die Hand und betrachtete es. Ein feines A war darin eingraviert. Sie fuhr mit dem Finger drüber und sah wieder zu ihrem Bruder auf. Ihre Fingerspitzen kribbelten. »Was denkst du, bedeutet das?«

»Ich glaube, dass noch irgendjemand hier im Schloss ist.«

Kapitel 10

Der Klang der Nacht

Constantin

Wieder lag Constantin wach in seinem Bett und starrte an die Decke. Der Mond schien nicht ganz so hell wie letzte Nacht, der Himmel war voller Wolken. Das Schloss lag still da.

Scotty, die es sich auf der anderen Seite des großen Bettes bequem gemacht hatte, schlief tief und fest. Nachdem sie am Abend alle Fakten gesammelt und sich beraten hatten, hatte sie bei dem Gedanken, allein in ihr Zimmer zu gehen, ziemlich unsicher gewirkt. Also hatte Constantin sie zu sich eingeladen und Scotty hatte gerne angenommen. Hier war schließlich Platz genug und ehrlich gesagt fühlte er selbst sich so auch ein bisschen sicherer. Am liebsten hätte er noch einen der Hunde ins Zimmer geholt, aber so ein riesiges Tier an dem scharfäugigen Edward vorbeizuschmuggeln, war so gut wie unmöglich. Schade.

Seufzend rieb Constantin sich über die Augen. Es war spät, er musste schlafen! Er brauchte morgen wieder all seine Gehirnzellen und musste dann unbedingt wach und einsatzbereit sein.

Das Armband hatte er in einer Schublade unter seinen Socken versteckt. A. *Wer war wohl A?*

Plötzlich erklang ein Geräusch. Constantin zuckte zusammen und hob den Kopf. Es war ein hoher Ton, dann noch einer, wie eine ... Melodie? Irgendjemand spielte im Schloss ein Instrument!

Constantin sprang aus dem Bett. »Scotty, wach auf!«

Seine Schwester setzte sich ruckartig auf, ihre Haare standen in alle Richtungen ab. »Waschn losch?«, murmelte sie verschlafen und fuhr sich über die Augen.

»Hörst du das?«

Es dauerte keine zwei Sekunden, dann war Scotty ebenfalls auf den Beinen und wischte sich die Haare aus dem Gesicht. »Ist das eine Geige?«

»Klingt so.« Constantin riss das Fenster auf und die Melodie wurde lauter. Es war ein Lied, das ihm irgendwie vertraut vorkam, doch er konnte es nicht einordnen.

Auf dem Flur waren nun Schritte zu hören, das Schloss erwachte zum Leben.

Scotty riss die Zimmertür auf und erschreckte damit ihre Eltern, die ebenfalls wach geworden waren.

Hoffentlich bemerken sie nicht, dass Scotty bei mir geschlafen hat, dachte Constantin. *Das würde nur Fragen aufwerfen, die ich jetzt noch nicht beantworten mag.*

Aber in der allgemeinen Aufregung schien diese Tatsache tatsächlich unterzugehen.

Dylan kam ebenfalls aus seinem Zimmer und sah sich um. »Ihr hört das auch, oder?«

»Allerdings.« Nathan war zum Ende des Flures geeilt und spähte dort aus dem Fenster. »Von wo kommt die Musik?«

»Ich glaube, hier entlang.« Scotty war in die andere Richtung gelaufen und sie folgten ihr.

Constantin schnappte geistesgegenwärtig nach seiner Taschenlampe. Wer wusste schon, wofür man die brauchen konnte!

Gemeinsam eilten sie den Flur entlang, immer der Musik nach. An der Treppe trafen sie auf Zola, die genauso verschlafen und verwirrt wirkte wie der Rest von ihnen, aber zielstrebig vorweglief, bis sie alle schließlich auf einen kleinen Innenhof gelangten. Hier war die Musik deutlich zu hören, beinahe wehmütig streiften die Töne durch die Nacht. Wieder glaubte Constantin das Lied zu kennen, aber er kam einfach nicht auf den Titel!

»*The Lord's my shepherd*«, hörte er seine Mutter flüstern. »Jemand spielt dieses alte Kirchenlied.«

»Aber warum mitten in der Nacht?« Nathan zog fröstelnd die Schultern hoch. Es war kalt hier draußen. »Was hat das zu bedeuten?«

»Es ist das Lieblingslied der Gräfin.« Zola war sichtlich blass geworden und ihre Augen waren kugelrund. »Ich habe sie es bestimmt hundertmal auf der Violine spielen hören.«

Alle starrten sie an.

»Sie sagen, jemand spielt gerade das Lieblingslied der verschwundenen Gräfin mitten in der Nacht in ihrem Schloss?«, fasste Nathan nach einem Moment atemlosen Schweigens zusammen.

»Zola, wer von den Angestellten ist noch im Schloss?« Constantin schaltete blitzschnell in den Ermittlungsmodus.

»Niemand, nur ich übernachte hier und Edward natürlich. Daisy wohnt im Dorf, genauso wie der Gärtner.«

»Und der Nachtwächter?«

»Es gibt keinen Nachwächter, schon seit Jahren nicht mehr.«

Er wechselte einen Blick mit Scotty. Das grenzte den Kreis der Verdächtigen ziemlich ein.

»Wo ist Malcom?«, fragte Constantin. »Und Edward?«

»Sie schlafen wahrscheinlich«, meinte Zola. »Der Lord hat einen sehr tiefen Schlaf.«

Constantin war nicht überzeugt. Zu deutlich war die Musik zu hören und sie hatte sie schließlich alle aus dem Schlaf geholt.

Andächtig lauschten sie den Klängen der Violine. Dylan hatte die Augen geschlossen. Nathan trat dicht neben seinen Freund und auch der Rest der Blackbirds scharte sich um ihn.

Als das Lied endete, öffnete Dylan die Augen und stieß den Atem aus. »Wer ist dort?«, rief er und seine Stimme donnerte über die Mauern von Carraig Castle hinweg. »Zeig dich! Erkläre dich!«

Doch niemand regte sich. Niemand sprach.

Das Lieblingslied der Lady war verstummt.

Es herrschte wieder die Stille der Nacht.

Doch die Geheimnisse von Carraig Castle flüsterten lauter als je zuvor.

Kapitel 11
Waffelverwirrungen

Scotty

Mit Ringen unter den Augen sammelten die Blackbirds sich am Frühstückstisch, eingehüllt in warme Pullover. Regen prasselte gegen die Fensterscheiben. Evie umklammerte ihren Kaffeebecher, als könnte das Koffein allein schon dadurch ihre Sinne beleben.

Nachdem das geheimnisvolle Lied verstummt war, hatte Nathan seine Kinder zurück ins Bett geschickt (sie hatten nur mit Murren und Knurren gehorcht) und mit Dylan und Evie zusammen das Schloss durchsucht. Jedoch erfolglos.

Malcom dagegen flatterte wie ein überdrehter Schmetterling in den Raum, erneut in diesem wilden Morgenmantel. Scotty fragte sich, wo man so etwas kaufen konnte.

»Guten Morgen, meine lieben Gäste. Fühlt ihr euch auch so erfrischt nach dieser Nacht?«

Constantin zog eine Grimasse, bei der Scotty sich heftig auf die Lippe beißen musste, um nicht loszulachen. Ihr Bruder wurde grummelig, wenn er nicht genug Schlaf bekam. Wie eigentlich alle Blackbirds.

»Vielleicht warnen Sie uns das nächste Mal vor, wenn es ein Mitternachtskonzert gibt«, brummte er und schnappte sich ein in Schokolade getauchtes Croissant. »Ich wusste gar nicht, dass Sie so schön Violine spielen können, Malcom.«

»Oh nein, ich fürchte, das gehört nicht zu meinen Talenten.« Der Lord lachte, doch es klang eine Spur nervös. Oder bildete Scotty sich das in ihrer Müdigkeit ein? »Wie kommst du darauf?«

»Irgendjemand hat heute Nacht im Schloss Geige gespielt«, erklärte Constantin. »Wir alle sind davon wach geworden, doch wir haben nicht herausgefunden, wer es war.«

»Wie kurios.« Malcom riss die Augen auf. »Und es liegt ganz sicher kein Irrtum vor? Wisst ihr, manchmal pfeift der Wind hier so laut, dass man denken könnte, es wäre ein Kirchenlied ...«

»Ich glaube kaum, dass der Wind die Melodie von *The Lord's my shepherd* kennt«, meldete sich Evie zu Wort. »Wobei man da theologisch gewiss drüber diskutieren könnte.«

»Hm, nun ... ich habe einen wirklich tiefen Schlaf, wie ein Murmeltier, oder wie sagt man?«, erwiderte Malcom. »Und ich habe lange Pläne gemacht. Ich veranstalte einen Ball. Zu Ehren meiner lieben Gäste!« Freudestrahlend blickte er in die Runde und es war mehr als offensichtlich, dass er jetzt mindestens Jubel, wenn nicht sogar lautstarken Beifall erwartete. Doch was Malcom, Lord von Carraig Castle, bekam, war eine ganze Reihe von fassungslosen Blicken und großen Augen.

»Einen Ball?«, wiederholten Scotty und Evie gleichzeitig. »Malcom«, fügte Evie hinzu. »Das ist eine wirklich wundervolle Idee, aber absolut nicht nötig, dass Sie sich diese Umstände ...«

»Oh, aber es ist mir ein Vergnügen, wirklich! Ich liebe Bälle!« Und dann klatschte er tatsächlich in die Hände, als wäre er vier Jahre alt und sähe sich seiner Lieblingstorte gegenüber. »Das Essen, die Musik, das Tanzen – oh, und erwähnte ich, dass es ein Maskenball wird? Das wird großartig!«

Mit Entsetzen bemerkte Scotty, wie ihre Mutter sich in die Idee verliebte. Evie Blackbird tanzte für ihr Leben gern.

Doch zum Glück zögerte ihr Vater. »Ist das denn in Ordnung, wenn die Gräfin nicht zu Hause ist?«

»Nun, da habe ich gute Nachrichten. Es ist mir gelungen, das Hotel zu erreichen, in dem sie übernachtet. Tante Fiona geht es gut, hat mir der Herr am Telefon versichert. Er wird sie bitten, sich bei uns zu melden.«

»Konnte er sie denn nicht mit dir verbinden?«, erkundigte sich Dylan. »Hast du ihr eine Nachricht hinterlassen?«

»Sicher, aber Tante Fiona ist auf ihrer Safari und wird erst in ein paar Tagen wieder im Hotel sein. Vorher ist es unmöglich, sie zu kontaktieren.« Malcom wedelte dramatisch mit den Händen. »Ich kümmere mich um die Planung, macht euch gar keine Gedanken. Wenn ihr vielleicht Zola eure Größen nennen würdet, dann bestelle ich festliche Kleidung ins Schloss. Ich nehme nicht an, dass jemand von euch einen Smoking eingepackt hat, nicht wahr?« Er lachte erneut. »Nun denn, jetzt erst mal einen guten Appetit allerseits.« Mit flatterndem Morgenmantel stürmte Malcom davon und ließ die Blackbirds vor ihrem Frühstück zurück.

»Okay«, begann Constantin. »Was um alles in der Welt ...?«

Im nächsten Moment flog die Tür ein weiteres Mal auf und Zola stürzte herein. »Nicht essen!«, rief sie panisch und stürzte auf den Tisch zu. »Nicht die Waffeln essen, bloß nicht!«

»Zola!« Nathan wich zurück, als die Frau nach seinem Teller schnappte, auf dem eine köstlich aussehende goldbraune Waffel lag. »Was ist denn nur los?«

»Ich habe Salz und Zucker verwechselt. Es tut mir schrecklich leid, nicht essen!« Und damit hob sie die Waffel von Nathans Teller und warf sie in hohem Bogen aus dem Fenster. Draußen erklang ein irritiertes Bellen. »Ich bitte um Verzeihung, ich mache gleich neue«, versprach Zola, stapelte die übrigen Waffeln auf einem Teller zusammen und rannte damit wieder hinaus. Verblüffte Blicke aus fünf Augenpaaren folgten ihr.

»Ich will ja nichts sagen, aber die Leute in diesem Schloss sind ein klein wenig ...« Constantin machte eine Handbewegung neben seinem Kopf und Scotty kicherte. »Gestern hat sie Senf auf die Sandwiches getan.«

»Das war eigentlich ganz lecker«, meinte Nathan und sah etwas deprimiert auf seinen Teller hinunter. »Dylan, warum willst du diesen Ball? Du magst doch solche Veranstaltungen gar nicht.«

»Falsch mein Lieber, *du* magst sie nicht. Und es ist ganz einfach: um Malcom zu beschäftigen.«

Evie verschluckte sich beinahe an ihrem Kaffee und auch Scotty wurde hellhörig.

»Ich will ihn beschäftigen und mich in Ruhe umhören. Auf diesen Ball werden Leute kommen und die werden reden. Ich will, dass unsere Augen und Ohren überall sind und wir jedes noch so kleine Gerücht hören. Die Sache kam mir von Anfang an komisch vor, aber jetzt dieses Lied mitten in der Nacht? Und Malcom, der behauptet, nichts gehört zu haben, aber dann das Kirchenlied erwähnt? Woher wusste er das, wenn er es nicht gehört hat?« Dylan beugte sich über den Tisch und senkte die Stimme. »Außerdem lügt er. Auch ich habe das Hotel von Tante Fiona kontaktiert: Sie ist dort nie angekommen. Auch ihre Freundinnen habe ich erreicht: Niemand weiß, wo sie ist! Irgendetwas geht hier vor sich. Ich weiß nicht, was, und ich weiß nicht, wer darin verwickelt ist, aber ich werde es herausfinden. Fiona ist etwas zugestoßen und ich werde herausfinden, was. Helft ihr mir?«

Nathan stand ebenfalls auf, bedächtig, er nahm sich Zeit, seine Gedanken zu ordnen, aber dann trat er neben seinen besten Freund. »Natürlich helfen wir dir.«

»Jederzeit.« Evie trat neben ihren Mann und streckte

ihre Hand aus. Nathan legte seine darauf. Dann kam die von Dylan, dann Scottys und schließlich Constantins. Ihre Finger verschränkten sich zu einem Versprechen und Nathan betete mit ruhiger, tiefer Stimme: »Vater im Himmel, du siehst, was hier vorgeht. Egal, welches Geheimnis wir erahnen, du weißt es längst. Du kannst uns bei unserer Suche beschützen, du kannst Erfolg schenken und wir bitten dich darum. Und wenn es dein Wille ist, Gott, so bitten wir dich alle aus ganzem Herzen: Lass Lady Fiona wohlauf sein und hilf uns, sie zu finden. Amen.«

»Amen«, flüsterte Scotty und fügte in Gedanken hinzu. *Und gib uns Mut, den Mut und die Weisheit von Königin Esther.*

Kapitel 12
Unerwartete Hilfe

Scotty

»Was suchen wir eigentlich genau?«, fragte Constantin.

»Wenn ich das wüsste, hätten wir es schon gefunden.« Scotty stand auf den Zehenspitzen und nahm ihren Kleiderschrank unter die Lupe. Eben noch war sie auf Knien herumgerutscht und hatte daruntergespäht. Die Putzfrauen hier waren wirklich gut im Staubwischen. Keine einzige Flocke weit und breit. Ein wenig mutlos sackte sie zurück auf ihre Fersen. »Hier ist nichts.«

»Es muss hier keinen Zugang geben, Scotty. Vielleicht ist es besser, wir gehen wieder in die Bibliothek und erforschen von dort die Gänge. So können wir uns ein gutes Bild machen und finden vielleicht heraus, wie dein Briefschreiber hier hereingekommen ist.«

»Ja, vielleicht.« Enttäuscht sah Scotty sich um. Sie war

sich sicher gewesen, dass sich hier ein Geheimversteck verbarg. Es wäre so cool gewesen. So eine Art privater Fluchttunnel. Aber wenn es einen gab, dann war er ziemlich gut versteckt. Auf dem Nachttisch begann Scottys Handy zu summen. Sie eilte hinüber und nahm den Anruf an. »Vi! Hi! Wie geht es dir?«

»Grauenhaft. Ich leide.«

»Hi, Vi!«, rief Constantin aus dem Hintergrund.

»Constantin sagt Hi«, sagte Scotty ins Handy und trat ans Fenster. Draußen rollte ein großer Wagen heran. Sah nach Catering aus.

»Sag ihm Hi zurück.«

»Wie geht's dir denn? Ist der Zahn raus?«

»Na ja, lustig war es nicht, aber es ist vorbei. Ich sehe aus wie ein Hamster, der vergessen hat zu schlucken.«

»Tut es weh?«

»Nein, nicht so sehr. Aber ich kann nur Püriertes essen, das ist wirklich ekelhaft«, stöhnte Vi. »Aber Wassereis darf ich so viel, wie ich will, wegen der Schwellung. Das ist ganz okay. Und ich darf fernsehen. Meine Eltern lesen mir jeden Wunsch von den Augen ab. Ich glaube, sie haben ein schlechtes Gewissen, weil ich nicht mit dir verreisen konnte.«

»Tut mir leid, dass ich nicht da bin.«

»Hey, genug von mir! Deine Nachrichten lesen sich wie aus einem Spionageroman! Superkrass, dass die Gräfin verschwunden ist. Und dieser Butler nervt, dabei bin ich ihm nie begegnet.«

»Zola sagt, dass er sich ohne die Gräfin verloren fühlt und dass wir Verständnis haben sollen.«

»Ja, na gut, da ist was dran. Und dieser Malcom?«

»Ein schräger Vogel, aber harmlos, denken wir. Er schmeißt einen Ball für uns.«

»Einen Ball?!« Scotty musste das Handy vom Ohr wegreißen, so laut schrie Vi in den Hörer. »Du gehst auf einen Ball? In einem uralten schottischen Schloss? Auf einen richtigen Ball? Willst du mich …?« Unverständliches Genuschel folgte und Scotty dachte kurz, die Leitung wäre unterbrochen worden, doch dann war Vi wieder dran. »Ich fasse das einfach nicht, Soraya Blackbird! Was tust du mir an?«

»Es tut mir wirklich leid.« Scotty schaltete den Anruf auf laut, damit Constantin mithören konnte. »Das war nicht unsere Idee, glaub mir. Ich musste mindestens hundert Kleider anprobieren.«

»Oh, du armes Ding.« Vi lachte. »Warum habe ich keine Bilder bekommen?«

»Weil ich in allen völlig albern aussehe!« Scotty kniff sich in die Nase. »Ich mag keine Kleider.«

»Ich weiß, Süße. Aber du siehst sicher wunderschön aus.«

»Es ist ein Maskenball. Malcom besorgt die Masken, wir dürfen uns dann welche aussuchen.«

»Also könnte ich dabei sein, ich brauche nur eine Maske, die so groß ist, dass ich meine Hamsterbacke dahinter verstecken kann.« Vi kicherte bei der Vorstellung. »Ich beneide dich, Scotty. Ruf mich danach auf jeden Fall an.«

»Das mache ich.«

»Und was treibt ihr sonst?«

»Gerade versuchen wir, einen Geheimgang in meinem Zimmer zu finden. Aber ich glaube, es gibt gar keinen. Also werden wir wohl den in der Bibliothek weiter untersuchen und sehen, ob wir von dort ...«

»Einen Geheimgang?« Erneut musste Scotty das Handy zur Seite reißen. Ihr Trommelfell protestierte gegen Vis empörtes Quietschen. »Scotty! Wieso weiß ich nichts von einem Geheimgang?«

»Es ist nur ein ganz kleiner.« Scotty warf ihrem Bruder, der auf dem Bett saß und sich vor Lachen schüttelte, einen bösen Blick zu. »Ich wollte nicht, dass du traurig bist.«

»Also erzählst du mir nichts? Und wer soll zur Rettung anrücken, wenn ihr euch irgendwo verlauft oder so? Ich muss doch Bescheid wissen! Ich bin eure Kavallerie.« Vi schlug ihren besten Befehlston an: »Ich will jetzt sofort alles wissen. Alles!«

Seufzend kletterte Scotty zu Constantin aufs Bett und legte das Handy zwischen ihnen ab. »Okay, es war so: ...«

Als Scotty und Constantin fertig erzählt hatten, herrschte eine ganze Weile Stille am anderen Ende der Leitung. Kein Wunder, obwohl sie erst wenige Tage hier waren, gab es einiges zu verdauen.

»Okay«, sagte Vi schließlich. »Das ist viel. Ich muss nachdenken. Aber eine Sache: Habt ihr dein Zimmer wirklich komplett auf den Kopf gestellt?«

»Ja, jeden Zentimeter«, stöhnte Constantin. »Den Spiegel, den Schrank, die Wände ...«

»Habt ihr mal in den Schrank geschaut?«

Scotty stutzte. »Du meinst, wie …?«

»Narnia, Süße. Im Ernst, du bist aufgeschmissen ohne mich!«

Scotty sprang bereits aus dem Bett und riss die Schranktüren auf. In Windeseile schob sie ihre Klamotten beiseite und begann, in dem Schrank herumzutasten.

Constantin schnappte sich die Taschenlampe und leuchtete Scotty über die Schulter. »Da!«, sagte er plötzlich. »Da ist ein Spalt, schau doch.«

Tatsächlich! Scotty zwängte ihre Finger in die winzige Lücke, zog und zerrte, doch nichts rührte sich. Mit klopfendem Herzen fuhr sie über das Holz und drückte zu. Etwas schnappte. Und dann ließ sich die Wand beiseiteschieben! Ein Hohlraum tauchte vor ihnen auf.

»Hallo, habt ihr mich jetzt vergessen oder was?«, ertönte Vis Stimme hinter ihnen. Das Handy lag immer noch auf dem Bett. Hastig eilte Scotty zurück. »Du hattest recht!«, rief sie atemlos und raste wieder zu Constantin. »Vi, du bist ein Genie!«

»Das wusste ich, aber danke. Was seht ihr?«

»Es ist ein Gang.« Constantin kniete mit der Taschenlampe in dem Schrank. »Superschmal, aber da hinten geht es weiter.« Er stockte. »Hier ist eine Tür, Scotty.« Er sah über die Schulter, seine Augen glänzten. »Unsere Zimmer liegen genau nebeneinander. Ich glaube, diese Tür führt in mein Zimmer!«

»Das ist so cool!«, seufzte Vi. »Ehrlich, Leute! Wo ihr

seid, da wartet einfach das Abenteuer. Na gut, dann lasst uns aufhören, auf geheimer Mission sollte man nicht telefonieren. Aber wenn ich in zwei Stunden nichts von euch höre, rufe ich eure Mum an, klar?«

»Glasklar.« Constantin eilte zur Zimmertür und schloss ab. »Damit wir nicht überrascht werden«, erklärte er an Scotty gewandt. »Also, wollen wir?«

Die Tür im Gang führte wirklich an Constantins Zimmer vorbei, wo es einen weiteren Zugang hinter dem Kleiderschrank gab. Scottys Herz schlug superschnell vor Aufregung, ein breites Grinsen lag auf ihren Lippen. Oh, sie liebte dieses Schloss wirklich sehr!

Nachdem sie die Mechanismen der Türen untersucht hatten und sicher waren, dass sie wieder zurückkommen konnten, folgten die Geschwister dem Gang, der dieses Mal nur in eine Richtung führte. Bald schon erreichten sie eine Treppe, die so schmal war, dass sie nur hintereinander hinuntersteigen konnten. Wieder waren Kreidezeichnungen an der Wand. Die geheimnisvolle Person, die vor ihnen hier gewesen war, hatte also auch diesen Teil der Gänge bereits erforscht. Scotty fragte sich, ob sie wohl gerne mal zu später Stunde Violine spielte. Und geheime Zettelchen schrieb und auf Kopfkissen legte.

Der Gang wurde stellenweise noch schmaler, sodass die Geschwister seitlich gehen mussten.

Scotty wurde ein bisschen mulmig zumute. *Bitte, lass uns nicht stecken bleiben, Gott!*, bat sie innerlich.

Mit einem Mal blieb Constantin so ruckartig stehen, dass Scotty fast gegen ihn gelaufen wäre. »Was ist denn, wir ...«

»Sch!« Constantin senkte seine Taschenlampe. »Siehst du das da vorn?«, flüsterte er.

Scotty spähte an ihm vorbei und atmete scharf ein. Einige Schritte vor ihnen fiel Licht aus kleinen Ritzen in der Wand – und eine Stimme war zu hören. Hastig schaltete sie ihre Taschenlampe aus, dann tasteten sie sich behutsam vor. Das Licht malte kleine Punkte an die Wand, und als Scotty sich dicht vor die Ritzen stellte, konnte sie in einen Raum hineinsehen. Atemlos sah sie sich um. Chaos, pures Chaos. Überall lag Kleidung herum, dazwischen Bücher, Schuhe und noch so einiges mehr.

Die Stimme war kurz verstummt, doch nun sprach sie wieder. Zwar war niemand zu sehen, aber die Worte waren sehr gut verständlich.

»Nein, es reicht mir allmählich! Wir müssen reden! Das alles läuft hier überhaupt nicht wie geplant. Das war so nicht abgesprochen. Nein, ich bin doch ruhig!« Der Sprecher seufzte frustriert. »Treffen Sie mich morgen auf dem Maskenball, haben Sie verstanden! Das ist keine Bitte!«

»Scotty ...«, raunte Constantin. »Das ist doch ...«

Sie hielt den Atem an, als ein Mann in ihr Blickfeld trat. »Ja.« Scotty schluckte. »Malcom!«

Malcom MacKenzie, der Graf von Carraig Castle, hielt

ein Whiskyglas in der einen und sein Telefon in der anderen Hand.

Und er sah genau zu ihnen herüber!

Kapitel 13

Wenn ein Lord einen Ball gibt

Constantin

Constantin Blackbird stand inmitten des festlich dekorierten Saals und starrte zu dem Kronleuchter in der Größe eines kleinen Elefanten hinauf. Ein *Ballsaal*, er war wirklich in einem Ballsaal. Bodentiefe Fenster, hinter denen das Abendrot am Himmel leuchtete, der gigantische Kronleuchter und ein Streichquartett waren nur die Spitze des Eisbergs. Beim Reinkommen war er an dem jetzt noch abgetrennten Bereich vorbeigekommen, in dem das Büfett aufgebaut wurde, und dann war da noch die mit Lichterketten geschmückte Terrasse. Dutzende Gäste bewegten sich tanzend durch den Raum und plauderten an den Seiten. Alle trugen ihre besten Kleider, ein älterer Herr sogar einen Zylinder, und dazu die ausgefallensten Masken. Es wirkte nicht gerade so, als wäre dies der erste Ball, den dieser Ort je gesehen hatte. Bedienstete in schicken Livreen verteilten Getränke und Häppchen.

»Wer zum Kuckuck sind all diese Leute?«, entfuhr es Constantin. Er erkannte niemanden. Nun gut, seine Bekanntschaften in diesem Land waren auch nicht gerade weitreichend. Ein Kichern erklang neben ihm. Er drehte den Kopf und entdeckte ein Mädchen mit blonden Locken, die ihm über die Schultern fielen. Statt einer Maske hatte sie sich einen dicht gewebten Streifen Spitze um den Kopf gebunden. Constantin konnte ihre Augen dahinter kaum erkennen. Aber irgendetwas an ihr kam ihm bekannt vor. »Hi.«

»Selber hi.« Sie lächelte. »Brauchst du ein bisschen Hilfe?«

»Gerne.«

»Also, das da vorne ist der Bürgermeister. Und dem dahinten gehört die Bank. Und seinen Söhnen. Das sind die zwei da mit den Löwenmasken. Die Frau in dem Blümchenkleid, tja, ihr gehört der örtliche Blumenladen. Und der Mann, mit dem sie redet, der mit dem roten Kopf, das ist ihr Schwager, der Fleischer. Und der Mann, der jetzt die Gläser von dem Tablett nimmt, dort am Fenster – ihm und seiner Frau gehört die Buchhandlung.«

»Wow, du kennst dich ja wirklich aus.« Constantin nickte zu einer Frau in einem goldenen Kleid hinüber. »Und wer ist das?«

»Hm.« Das Mädchen legte den Kopf schief und schürzte die Lippen. »Ich weiß es nicht. Ich erkenne sie nicht.«

»Kein Wunder, mit dieser Maske.« Sie war ebenfalls golden und umrahmt von Pfauenfedern.

»Bist du allein hier?«, fragte das fremde Mädchen und Constantin schüttelte den Kopf. »Nein, meine Familie ist auch irgendwo. Ich habe sie nur aus den Augen verloren.«

Dylan hatte recht gehabt. Wenn es eine Gelegenheit gab, sich unbemerkt umzusehen und Erkundigungen einzuholen, dann wohl jetzt.

Constantin räusperte sich. Smalltalk war nicht so seine Stärke. »Und, kennst du die Gräfin?«

»Ja, ich habe sie mal getroffen. Im Dorf, in der Buchhandlung. Sie mag Bücher ziemlich gerne.«

»Ja, ich habe ihre Bibliothek gesehen. Die ist wahnsinnig groß.«

Das Mädchen nickte still. Sie wirkte plötzlich traurig und Constantin suchte verzweifelt nach etwas, was er sagen könnte. Sie war nett und inmitten dieser aufgedonnerten Menschenmasse aus Erwachsenen eine Verbündete.

Moment, sind außer uns wirklich gar keine Kinder hier?, fragte Constantin sich plötzlich. *Wie seltsam.*

»Kann ich dich was fragen?«, platzte das Mädchen da heraus und riss Constantin aus seinen Gedanken.

»Ja, aber klar doch.«

»Du gehörst zu der Familie, die hier zu Gast ist, oder?«

»Ja, das ist richtig. Ich bin Constantin. Constantin Blackbird.«

»Seid ihr mit der Lady verwandt?«

»Das nicht, aber Dylan, der beste Freund meines Vaters,

ist ihr Patensohn. Gräfin Fiona hatte uns für die Herbstferien zu sich eingeladen, damit wir sie kennenlernen. Irgendwie hat das vorher nie geklappt, meine Eltern reisen viel, weißt du? Und die Gräfin auch, hat Dylan erzählt.«

»Ja, sie sagt, Gott habe die Welt so schön geschaffen, da sei es ihre Pflicht, sie sich anzuschauen und nicht nur daheim zu hocken.« Das Mädchen lächelte und fügte dann schnell hinzu: »Jedenfalls habe ich das so gehört.«

»Das passt zu dem, was ich so über sie gehört habe.« Constantin entdeckte seine Eltern in der Menge. Sie tanzten auf der Tanzfläche und schienen viel Spaß zu haben.

Wo steckt eigentlich Scotty?

»Mit wem bist du hier?«, fragte er, um das Gespräch am Laufen zu halten. »Hast du deine Familie auch im Getümmel verloren?«

»Ja, so könnte man das wohl sagen.« Das Mädchen zupfte irgendetwas von seinem Kleid. Es war in Grün- und Goldtönen gehalten und schleifte über den Boden. »Also kennt dieser Dylan Malcom dann von früher?«

»Äh, nein, irgendwie nicht.« Constantin stolperte ein bisschen über den plötzlichen Themenwechsel. »Also anscheinend gibt es da eine tragische Familiengeschichte und Malcom wusste lange nicht, dass er mit der Gräfin verwandt ist. Er fand es erst letztes Jahr heraus und kam dann hierher.«

»Klingt wirklich tragisch.« Irgendetwas an ihrer Stimme erregte Constantins Aufmerksamkeit. Er wünschte, er könnte hinter die Maske spähen. Seine eigene Maske, eine

Kreation aus buntem Herbstlaub, steckte unbeachtet in der Tasche seines Jacketts. »Das bedeutet also, dass er der Erbe von Carraig Castle ist, nicht wahr?«

»Ich … ich gehe mal davon aus, ja. Wenn er der letzte noch lebende Verwandte ist, vermutlich.«

»Aber müsste so etwas nicht irgendwie schriftlich festgehalten worden sein?«

Constantin hatte den Eindruck, als würde ihm hier irgendetwas entgehen. Das war nicht gerade normaler Smalltalk oder? Gerade wollte er nachhaken, da huschte mit einem Mal ein Ausdruck von Angst über ihr Gesicht und die Fremde wich hinter einer Säule zurück. Verwundert sah Constantin sich um. Wen hatte sie entdeckt? Er konnte niemanden Bedrohlichen erkennen. Nur Edward war gerade in der Nähe aufgetaucht, wie immer mit starrer Miene und schwarzem Jackett.

An den Bügelfalten könnte man sich schneiden, dachte Constantin belustigt.

»Alles okay?«, fragte er das Mädchen und folgte ihm einen halben Schritt. Er wollte nicht zu aufdringlich sein.

»Ja, ich wollte nur … na ja, weißt du …«, druckste sie herum, doch in diesem Moment sah Constantin, wie Malcom sich in Richtung Terrasse bewegte. Immer wieder drehte er den Kopf, als wolle er sichergehen, dass ihn niemand beobachtete. Dann schlüpfte er nach draußen.

In Constantins Kopf begann eine Alarmglocke zu schrillen. *Scotty, wo bist du?*

»Hey, würdest du mich entschuldigen? Ich muss kurz

etwas nachsehen. Aber ich komme wieder, versprochen!« Er wartete noch das Nicken des Mädchens ab, dann stürzte Constantin sich in die Menge und versuchte, Malcom zu folgen. Es war gar nicht so leicht, zwischen den Gästen durchzukommen, und er verlor kostbare Zeit. Endlich war er an der Tür angekommen. Frischer Abendwind schlug ihm ins Gesicht. Ein paar wenige Gäste waren hier und schnappten frische Luft, doch wo war Malcom?

»Er ist links rübergegangen«, zischte eine vertraute Stimme und schon hastete Constantins kleine Schwester an ihm vorbei. »Los, komm schon!«

»Wo warst du denn?«, fragte er atemlos und lief Scotty nach.

»Na, ich habe mich umgehört, das war doch der Plan, oder?« Scotty umrundete eine Statue und quetschte sich zwischen zwei Büschen hindurch. Ihr Kleid raschelte. »Und wo warst du?«

»Ich habe mich unterhalten.«

»Mit wem?«

Constantin fiel auf, dass sich das Mädchen gar nicht vorgestellt hatte. *Wie seltsam.* Hoffentlich wartete sie wirklich auf ihn. Er hatte da auf jeden Fall noch ein paar Fragen an sie. Doch jetzt gab es anderes zu erledigen. *Wo ist Malcom? Und was sucht er hier draußen?*

Sie schlichen durch den ordentlich angelegten Garten, vorbei an akkurat geschnittenen Hecken und steinernen Figuren. Irgendwo plätscherte ein Brunnen.

»Vielleicht versteckt er sich, um eine zu rauchen«, murmelte Constantin und kniff die Augen zusammen. Die Dämmerung war schon fortgeschritten und er konnte nicht besonders weit sehen. Und einige dieser Statuen warfen einen wirklich bedrohlich wirkenden Schatten!

»Sch!« Scotty hielt Constantin am Ärmel zurück. Mit der anderen Hand zeigte sie nach vorne, aber Constantin hatte die Bewegung ebenfalls gesehen. Geduckt tasteten sie sich vor und gingen hinter einer Hecke in Deckung. Er spähte durch die Steine. Hier war nahe dem Schloss eine kleine Sitzecke angelegt worden. Auf einer der Bänke saß eine dunkle Gestalt, auf die Malcom zielstrebig zuhielt.

Constantins Herz machte einen Satz. *Wen trifft Malcom da? Und warum hier im Geheimen?*

»Warum hat das so lange gedauert?«, zischte Malcom, doch die Antwort des anderen war nicht zu verstehen. Er sagte noch etwas und Malcom schüttelte den Kopf. »Nein, das war keine Option.«

Oh, Constantin wünschte, sie könnten näher an die beiden heran, so waren nur Bruchstücke zu verstehen, egal wie sehr er seine Ohren auch anstrengte. Scotty schien es nicht besser zu ergehen, sie seufzte frustriert.

»Die Gräfin ...«, glaubte Constantin den Fremden sagen zu hören. Hatte er etwa etwas mit ihrem Verschwinden zu tun?

»Ich brauche mehr Zeit«, kam es jetzt von Malcom. »Nur noch ein wenig. Aber ihr darf nichts geschehen!«

Die folgenden Worte waren wieder zu leise.

Constantin ließ seinen Blick schweifen, auf der Suche

nach einem besseren Lauschposten – da bemerkte er plötzlich, dass sie nicht allein waren. Nur ein paar Meter von ihnen entfernt erahnte er die Umrisse einer weiteren Person, die Malcom und sein geheimnisvolles Gegenüber ebenfalls beobachtete. Constantin tippte Scotty gegen die Schulter und zeigte hinüber. Die Augen seiner kleinen Schwester wurden erst vor Überraschung groß und verengten sich dann zu Schlitzen. Er war sich ziemlich sicher, dass sie sich beide die gleiche Frage stellten: *Was zum schielenden Schlossgespenst geht hier eigentlich vor sich?*

»Aber ich habe es Ihnen doch gesagt – ich weiß nicht, wo es ist!«, wurde Malcom in diesem Moment lauter. »Das Schloss ist riesig! Es könnte überall sein.«

Es? Constantins Gedanken überschlugen sich. Was suchte Malcom? Das Bild, von dem er neulich gesprochen hatte?

Die Antwort des Fremden war wieder zu leise, um etwas verstehen zu können.

Wir teilen uns auf, signalisierte Scotty ihm in ihrer geheimen Zeichensprache. *Ich lausche, du verfolgst.*

Constantin war nicht wohl dabei, Scotty zurückzulassen. Aber was konnte schon passieren? Malcom war ein bunter Vogel, verrückt, aber sicherlich nicht gefährlich. Und zu wissen, wer dort drüben lauschte, konnte hilfreich sein. Außerdem waren hier überall Leute. Ein Schrei und schon würde ihnen jemand zu Hilfe kommen.

Constantin drückte kurz Scottys Schulter, dann schlich er in Richtung des fremden Beobachters. Etwas mehr Licht wäre wirklich schön, aber wenigstens glaubte er zu erkennen, dass die Person … ein Kleid trug. Schlich er sich gerade an ein Mädchen heran?

Im nächsten Moment raschelte es. Die fremde Person blickte auf. Constantin warf sich hastig zu Boden. *Mist!* War er entdeckt worden? Vorsichtig richtete er sich auf … und sah gerade noch, wie die Unbekannte davonhuschte. Mit einem Ächzen rappelte Constantin sich auf und stürmte hinterher, darauf bedacht, Malcom und seinen Gast nicht aufzuschrecken. Er sprang über eine kleine Mauer und kam im Kies dahinter ins Stolpern. *Das ist kein Garten, sondern eine Stolperfalle!*

Mit rudernden Armen rannte er weiter und erhaschte einen Blick auf den wehenden Stoff des Kleides, dessen Trägerin gerade um eine Ecke bog. Kannte sie sich hier aus oder hatte sie einfach Glück? Und wo wollte sie hin? Constantin setzte ihr nach. Sie waren jetzt wieder näher an der Terrasse, Licht flutete durch die vielen Fenster und Musik drang an sein Ohr. Er musste sie erreichen, ehe sie nach drinnen verschwand, er musste … Constantin hielt inne. Schliddernd kam er zum Stehen, drehte sich einmal um sich selbst, lauschte, drehte sich noch einmal.

Sie war weg.

Spurlos verschwunden.

Das kann doch nicht …

Schritte ertönten hinter ihm. Constantin wirbelte herum – doch es war nur Scotty, die schwer atmend und mit gerafftem Kleid auf ihn zukam.

»In diesen Dingern kann man sich überhaupt nicht bewegen!«, schimpfte sie. »Wer hat das nur erfunden?«

»Was machst du hier? Wo ist Malcom?«

»Der Fremde ist gegangen, Malcom hat kurz gewartet und ist dann zurück zum Ball. Und du? Hattest du Erfolg?«

»Ich bin der Fremden gefolgt. Sie war genau vor mir, aber jetzt ...« Constantin schüttelte fassungslos den Kopf. »Sie ist weg. Hat sich einfach in Luft aufgelöst.«

»Wie ... im Ernst jetzt?«

»Ich hab keine Ahnung.«

Ratlos sahen sie sich um. Nicht weit von ihnen plätscherte der Brunnen leise vor sich hin. Constantin sah genauer hin. Lag dort nicht etwas auf dem steinernen Rand? Tatsächlich. Er ging hinüber, hob es auf und starrte nachdenklich auf das Stück schwarzer Spitze in seiner Hand.

Dieser Abend wurde immer rätselhafter ...

Kapitel 14

Puzzlestücke und heiße Schokolade

Scotty

Der Herbstwind brauste um das Schloss herum und drückte gegen die Fenster und Türme. Scotty saß auf einem Sofa in der Bibliothek, umgeben von den kostbarsten Schätzen der Welt – Büchern.

Ihr Blick huschte über die Seiten, ihre Finger strichen behutsam über das Papier. Und dann war die Geschichte vorbei. Mit einem tiefen Seufzen klappte sie das Buch zu und drückte es an ihre Brust.

»Wow«, murmelte sie. »Das war gut.«

Ein leises Klopfen ließ sie aufsehen.

Zola stand an einem der Regale und hatte dagegengeklopft. »Hey Liebes, ich habe dir eine heiße Schokolade gemacht.«

»Oh Zola, das ist so lieb von dir!« Beim Anblick der großen Tasse und dem Milchschaum mit Streuseln und Marshmallows darauf lief ihr das Wasser im Mund zusammen. »Das hättest du nicht tun müssen.«

»Hab ich gern gemacht.« Zola nickte zu dem Bücherstapel hinüber. »Große Pläne für den Tag, was?«

»Es sind so viele Bücher. War gar nicht so leicht zu entscheiden, mit welchem ich anfangen soll.«

»Nun, so, wie das eben klang, hast du die richtige Wahl getroffen. Viel Spaß noch.«

Scotty legte die Hände um die Tasse und sog den süßen Geruch ein. »Zola, kann ich dich was fragen?«

»Natürlich.«

»Wie ist Lady Fiona so?«

»Oh.« Zolas Gesicht wurde ganz weich. »Sie ist gütig und freundlich. Und leidenschaftlich. Sie kann unglaublich wütend werden, wenn ihr etwas gegen den Strich geht. Einmal hat mich ein Mann ... nun ja, er hat einen sehr unschönen Ausdruck für mich gebraucht. Sie hat sich vor ihm aufgebaut und ihn angesehen und dann hat sie einen ganzen Wortschwall auf ihn einprasseln lassen. Bis er sich bei mir entschuldigt hat.« Zola lächelte traurig. »Sie ist eine tolle Reiterin und eine noch bessere Musikerin. Und sie sitzt hier oft so wie du jetzt. Sie hat viel Schlimmes erlebt, aber sie ist sich und ihrem Gott immer treu geblieben. Sie ist eine Frau mit einem großen Herzen. Als das Mädchen kam, dachte ich eigentlich, jetzt wäre das Glück auf Carraig Castle eingezogen. Aber ich hatte mich wohl geirrt.«

»Das Mädchen?« Scotty horchte auf. »Was denn für ein Mädchen?«

»So ein junges Ding. Du erinnerst mich ein bisschen an sie. Stolperte eines Tages in das Leben der Lady und dann durch die Tore des Schlosses. Sie war ein Wildfang, aber hatte das Herz am richtigen Fleck. Die Lady mochte sie sehr. Doch dann hat sie sich entschlossen, uns zu verlassen. Hat nur einen Abschiedsbrief hinterlassen und sonst nichts. Nun ja. Sicher hatte sie ja ein eigenes Leben.« Die Köchin straffte die Schultern. »Ich gehe mal besser wieder in die Küche. Falls du etwas brauchst, findest du mich dort.«

Scotty starrte auf ihre Tasse, wo einer der Marshmallows gerade in der dunklen Flüssigkeit versank. »Oh, äh, Zola?«, rief sie und Zola drehte sich zu ihr um. »Wie hieß das Mädchen? Nur so aus Neugier.«

»Alice.« Zola lächelte. »Ihr Name war Alice.«

Scotty starrte noch eine ganze Weile auf die Stelle, an der Zola gestanden hatte. Wieder ein Teilchen in dem Puzzle um Carraig Castle. Welches Bild würde sich ergeben, wenn sie alle Teile zusammenhatten? Scotty fürchtete sich ein bisschen vor dem Ergebnis. Auf dem Armband, das sie gefunden hatten, war ein A eingraviert gewesen. Und dann war da noch die Unbekannte vom Maskenball. Constantin hatte Scotty alles über die Begegnung mit ihr erzählt, wenn auch zögerlich. Der Verdacht, der sich Scotty und bestimmt auch ihrem Bruder gerade aufdrängte, war einfach zu gewagt.

Sie trank von der Schokolade und ihre Brust wurde ganz warm. Die restlichen Blackbirds waren im Schloss verstreut. Malcom zeigte ihnen die Kellergewölbe. Der Mann ging raffiniert vor, das musste Scotty ihm lassen. Er gab ihnen keine Gelegenheit für eigene Nachforschungen, und sollten sie seine Wünsche abschlagen, würde das unhöflich wirken. Aber egal wie geschickt er sich anstellte, sie waren die Blackbirds und sie würden ...

Ein Geräusch unterbrach jäh ihre Gedanken. Da war ein Kratzen und ... es kam aus der Richtung des Geheimganges. Hastig stellte Scotty die Schokolade beiseite und sprang auf. So lautlos wie möglich schlich sie auf das Geräusch zu. Es schien wirklich aus dem Gang hinter dem Regal zu kommen. Scotty überlegte, Hilfe zu holen, aber Constantin war vermutlich wieder bei seinen Hühnern und es würde viel zu lange dauern, ihn hierherzubringen.

Mit angehaltenem Atem löste sie den Schal von ihrem Hals, warf ihn über den Flügel des Raben und zog.

Mit einem Scharren glitt das Bücherregal zur Seite und offenbarte den Geheimgang – und einen schwarzen Kater, der mit einem lauten Miau auf Scotty zusprang! Erschrocken stolperte sie zur Seite und landete schmerzhaft auf ihrem Po. Der Kater stolzierte mit erhobenem Schwanz an ihr vorbei. Scotty bemerkte, dass eins seiner Vorderbeine unter dem Knie endete. Das musste das Tier sein, das Zola erschreckt hatte!

»Wie bist du denn da reingekommen, hm?«, fragte Scotty den Kater, doch der warf ihr nur einen herablassenden

Blick zu. Bedeutete das, die Gänge führten irgendwo ins Freie? Es war wirklich Zeit, dass sie sie weiter erkundeten!

Scotty griff wieder nach dem Rabenflügel und verschloss den Gang. Ein wenig unsicher sah sie den Kater an. »Und was machen wir jetzt? Ich kann dich doch nicht einfach so hier drin herumlaufen lassen?«

Der Kater miaute erneut, es klang ein kleines bisschen vorwurfsvoll. Dann tapste er anmutig zum Sofa hinüber, auf dem Scotty eben noch gesessen hatte, sprang mit einem Satz hinauf und machte es sich gemütlich. Scotty behielt das Tier im Auge und eilte zum Fenster. Vielleicht konnte sie Constantin von hier aus herbeirufen, Tiere waren immerhin sein Spezialgebiet. Doch ... was war denn das da auf dem Tisch? Gleich neben ihrer Tasse?

Scotty lief ein kalter Schauer über den Rücken. Ein Zettel. Fein säuberlich zusammengefaltet. Und er war eben definitiv noch nicht da gewesen. Scotty schluckte. Tausend Augen schienen sie plötzlich zu beobachten. Die Größe des Raumes wurde ihr auf einmal sehr bewusst. Die Stille. Und die unzähligen Verstecke, die es hier gab.

»Hallo?«, krächzte sie. »Wer ist da? Wer bist du?«

Niemand antwortete.

Es dauerte einen Moment, bis Scotty sich überwinden konnte, den Zettel aufzuheben und zu lesen. Die Handschrift war die gleiche wie beim letzten Mal.

Ihr wollt Antworten?
Dann sucht in Malcoms
Zimmer! Schöne Schatz-
sucher seid ihr. Beeilt euch,
sonst ist es bald zu spät!

Die Grinsekatze

Kapitel 15
Hinter dem Spiegel

Constantin

Constantin streichelte das kleine weiße Huhn, das er inzwischen Gertrude getauft hatte, und versuchte, seine Gedanken zu sortieren. Vor ungefähr einer halben Stunde war seine kleine Schwester schwer atmend auf ihn zugestürmt und hatte ihm einen zweiten Brief der mysteriösen Grinsekatze gezeigt.

Es war gar nicht so leicht, einen Ort zu finden, an dem er sich unbeobachtet fühlte, aber einen gab es. Scotty war nicht so begeistert, als Constantin den Hühnerstall vorschlug, aber sie stimmte zu. Gertrude hatte sich über den Besuch gefreut und war direkt auf Constantins Schoß geflattert, wo sie immer noch friedlich hockte und den Geschwistern beim Beraten zuhörte.

»Wir müssen unbedingt in Malcoms Räume«, sagte Scotty. »Ich werde Dylan bitten, ihn abzulenken.«

»Aber wird er das machen, ohne Fragen zu stellen?«, gab Constantin zu bedenken und Gertrude gackerte zustimmend.

Scotty zuckte mit den Schultern. »Eher als unsere Eltern. Probieren wir's.«

Also machten sie sich auf die Suche nach ihrem Patenonkel.

»Na gut«, meinte Dylan, als er sich ihr Herumgedruckse angehört hatte. »Auch wenn ihr mir nicht verraten wollt, was genau das werden soll ... Ich kümmere mich um Malcom.«

Constantin wartete aufgeregt, bis Malcom und Dylan in einem schicken roten Flitzer vom Hof gebraust waren. Scotty war ihre Ausrüstung zusammensuchen gegangen und wollte ihn dann in der Bibliothek treffen. Auf dem Weg lief Constantin allerdings ausgerechnet seinen Eltern in die Arme, die nach den Geschwistern gesucht hatten, um etwas Zeit mit ihnen zu verbringen. Es war gar nicht so leicht, sich der elterlichen Fürsorge zu entziehen, doch schließlich verschwanden Scotty und Constantin in den geheimen Gängen des Schlosses. So schnell sie konnten, eilten sie zu der Stelle, wo sie Malcom beim letzten Mal entdeckt hatten. In das Zimmer zu gelangen, gestaltete sich schwierig. Der Mechanismus schien eingerostet, aber schließlich schwang ein Stück der Wand nach innen. Scotty und Constantin betraten den Raum und sahen sich um. Die Tür war hinter einem Spiegel verborgen. Deswegen hatte es so ausgesehen, als würde Malcom sie genau ansehen.

»Unheimlich«, befand Scotty und musterte den Spiegel. Im Rahmen waren kleine Gucklöcher, doch die entdeckte man wirklich nur, wenn man wusste, wonach man suchte. »Wer mag das alles angelegt haben?«

»Vermutlich ein Schlossherr, der unter Verfolgungswahn gelitten hat«, mutmaßte Constantin und betrachtete das Chaos im Zimmer. »Also hier wird es sicher nicht auffallen, dass wir da waren. Es sieht aus, als wäre ein Wirbelsturm durchs Zimmer gerast. Und durch sämtliche Schubladen.«

»Lass trotzdem alles so, wie es ist, man kann nie wissen«, mahnte Scotty. Die Geheimtür ließ Constantin lieber offen stehen, falls sie schnell den Rückzug antreten mussten, dann begab er sich auf die andere Seite des Raums zu einer offen stehenden Tür. »Also hier ist sein Schlafzimmer. Und sein Badezimmer. Beides ebenso chaotisch. Wie viele Klamotten hat der Typ denn bitte?« Er schüttelte den Kopf. Das war doch albern. Niemand brauchte so viel zum Anziehen.

Behutsam suchte er sich einen Weg durch herumliegende Jacketts und Hemden. Das Schlafzimmer unterschied sich nicht viel von seinem eigenen. Ein großes Himmelbett, ein geräumiger Schrank ... Constantin öffnete dessen Türen und wollte überprüfen, ob sich auch hier ein Geheimgang befand. Die Flut weiterer Kleidung, die ihm entgegenrutschte, ließ ihn die Türen jedoch hastig wieder zuschlagen.

»Alles okay?«, rief Scotty leise von nebenan.

Constantin nickte und fügte noch ein »Ja« hinzu, als ihm einfiel, dass seine Schwester ihn ja nicht sehen konnte. Er rieb sich über die Augen und versuchte, sich zu konzentrieren, aber das war gar nicht so leicht. Immer wieder spukte das Mädchen vom Ball in seinem Kopf herum. Als er von seiner Verfolgungsjagd zurückgekommen war, war sie spurlos verschwunden gewesen. Und dann noch der Streifen Spitze ... Er sah genauso aus wie der, den sie statt einer Maske getragen hatte. War sie ihm nach draußen gefolgt und hatte den Stoff dabei verloren? Oder war *sie* die geheimnisvolle Lauscherin gewesen, die Malcom ebenfalls beobachtet hatte?

Constantin seufzte. Die vielen Fragezeichen würden ihm irgendwann noch aus den Ohren herauspurzeln, wenn das so weiterging. Er trat noch etwas weiter in den Raum hinein und sah sich um. Neben dem Bett hing ein großes Bild, das das Schloss von außen zeigte. Doch der Rahmen war irgendwie schief ... Constantin ging näher heran, fasste zu ... und grinste triumphierend, als sich das Bild zur Seite klappen ließ und ein Geheimfach enthüllte. Malcom schien es nicht richtig geschlossen zu haben. Eine dicke Mappe, aus der allerlei Papiere herausragten, lag in dem Versteck.

»Hab was!«, ertönte Scottys Stimme aus dem Nebenraum. Constantin griff nach der Mappe und eilte zu seiner Schwester hinüber. Scotty stand über einen Schreibtisch gebeugt, der im Gegensatz zum Rest des Zimmers beinahe ordentlich wirkte, und hatte eine der Schubladen aufgezogen. »Doppelter Boden«, verkündete sie mit blitzenden Augen.

»Beeindruckend!«, gratulierte Constantin und hielt die Mappe hoch. »Geheimfach hinter einem Bilderrahmen.«

»Uh, auch nett.« Scotty lachte übermütig und holte einen Umschlag aus dem Fach. »Der ist an das Schloss adressiert«, murmelte sie. »Was hat er hier zu suchen?«

»Was ist drin?« Constantin beugte sich neugierig vor. »Warte mal ... ist das ein ...?«

»... DNA-Test«, staunte Scotty. »Warum zum Kuckuck ...?«

Hastig überflogen sie die Zeilen. Constantins Gedanken überschlugen sich. »Der Test ist positiv. Ist es Malcoms DNA? Hat er das überprüfen lassen? Wieso? Ich dachte, seine Eltern hätten ihm von seiner Abstammung erzählt.«

»Das ergibt keinen Sinn.« Scotty tastete den Umschlag ab, doch mehr war darin nicht enthalten. Auch sonst war in dem Fach nichts zu finden. Enttäuscht sah sie zu Constantin auf. »Und was hast du da?«

Gemeinsam schlugen sie die Mappe auf. Darin war ein wahrer Wust an Unterlagen.

»Das sind alles Informationen über die Gräfin und das Schloss«, brummte Constantin und studierte einen Stammbaum. »Hier sind sogar Fotos.«

»Ob Malcom das alles gesammelt hat? Weil er über die Familie recherchiert hat?«

Constantin zuckte mit den Schultern. Irgendwie passte das alles nicht zusammen. »Schon möglich, aber warum versteckt er die Sachen?«

»Vielleicht ist es ihm peinlich.« Scotty kaute auf ihrer Lippe herum. »Irgendwie hatte ich mir etwas anderes erhofft.«

»Ja, ich mir auch.« Constantin ließ die Mappe sinken und seinen Blick durch den Raum schweifen. Es musste einfach noch einen Hinweis geben, irgendwas, und wenn es nur ein klitzekleines ... *Da!* Aus einer Jacke, die nachlässig über einen Sessel geworfen worden war, ragte die Ecke eines weiteren Umschlages. Scotty war Constantins Blick gefolgt, umrundete den Schreibtisch und zog den Umschlag behutsam aus der Tasche. Constantin versuchte, sich das Bild einzuprägen, damit sie danach alles wieder genau so herrichten konnten. »Was ist drin?«

»Noch mehr Fotos«, flüsterte Scotty und an ihrem Tonfall hörte Constantin schon, dass sie eine Entdeckung gemacht hatten. »Schau dir das an!«

Constantin balancierte um einen Zylinder herum, der aussah, als wäre schon einmal jemand auf ihn draufgetreten, und spähte Scotty über die Schulter. Die Bilder waren nicht besonders scharf, als hätte sie jemand sehr stark herangezoomt. Aber sie alle zeigten ein blondes Mädchen, mal in einer Buchhandlung, mal in einem Park und dann beim Überqueren einer Straße. Sie schien nichts davon zu ahnen, dass sie fotografiert wurde. Constantin lief ein Schauer über den Rücken und er kniff die Augen zusammen. Das Gesicht war wirklich schwer zu erkennen und sie trug einen riesigen Hoodie, der ihre Gestalt umhüllte und ihr fast bis zu den Knien reichte. Und doch ...

»Ich glaube, ich kenne sie ...«, murmelte er. »Ich bin nicht sicher, aber ...«

»Ich denke, das ist Alice!«, hauchte Scotty. »Siehst du das an ihrem Arm? Das könnte der goldene Armreif sein, den wir gefunden haben. Aber was sollen die Fotos? Und wieso ...?« Sie brach ab.

Constantin hob ruckartig den Kopf. Sie hatten es beide gehört. Irgendwo hupte ein Wagen. Constantin fühlte sich, als hätte ihm jemand aus dem Hinterhalt einen Kübel eisiges Wasser über den Kopf geschüttet. Er stürzte zum Fenster und sah den roten Sportwagen in den Hof fahren.

Malcom war zurück!

Kapitel 16
Verbrüderung im versteckten Kaminzimmer

Scotty

Scotty tauschte einen panischen Blick mit Constantin, dann legten sie hastig alle Dinge wieder zurück an ihren Ort. Gerade so gelang es ihnen, durch den Geheimgang hinter dem Spiegel zu hechten, da hörten sie, wie sich der Schlüssel im Schloss drehte. Leise schimpfend eilte Malcom herein und direkt in das angrenzende Badezimmer. Lautlos zogen die Geschwister sich zurück, Scottys Herz klopfte heftig. Hätte Dylan nicht gehupt und sie damit gewarnt, hätte Malcom sie auf frischer Tat in seinen Zimmern entdeckt!

Kaum hatten sie die Geheimgänge verlassen, liefen sie auf dem Flur einer aufgeregten Zola in die Arme. »Oh, da seid ihr ja, könnt ihr mir helfen? Die Hühner sind ausgebrochen! Sie sind überall im Hof und flattern auf den Wegen herum! Meine Nerven!«

Scotty tätschelte der jungen Frau beruhigend den Arm. Sie zitterte richtig und ihr Haarknoten saß ganz schief auf ihrem Kopf. »Natürlich helfen wir dir, Zola!«

Constantin rannte direkt los, um Gertrude zu suchen, während Scotty die anderen informierte. Im nicht enden wollenden Nieselregen jagten die Blackbirds über das Gelände und versuchten, die Hühner wieder einzusammeln. Von Edward fehlte natürlich jede Spur und Malcom, der das Ganze »von oben« dirigieren wollte, brüllte nur nutzlose Anweisungen aus einem der Fenster.

Es dauerte eine gefühlte Ewigkeit, bis endlich alle Hühner sicher und manche vielleicht auch ein bisschen traurig über die verlorene Freiheit wieder in ihrem Gehege saßen. Zola, die völlig zerzaust war, bedankte sich überschwänglich bei den Blackbirds und fragte sie nach ihrem Lieblingsessen. Evie versicherte ihr, dass es nicht nötig sei, dass Zola sich revanchierte, aber davon wollte die Köchin nichts wissen und sie zog summend und mit weißen Federn im Haar in Richtung Küche davon.

Die alten Rohre des Schlosses ächzten, als die Blackbirds ihre Badezimmer aufsuchten und sich Dreck und Hühnerfedern abwuschen. Danach rief Scotty, in ihren weichsten waldgrünen Lieblingspullover gehüllt, Vi an, um sie auf den neusten Stand zu bringen.

»Das ist so irre!«, staunte Vi, deren Wange gut abgeschwollen war. »Wirklich superirre! Jemand sollte ein Buch darüber schreiben!«

»Ach ja? Aber nur, wenn diese Person mehr über die Hintergründe weiß als wir. Wir tappen nämlich völlig im Dunkeln.«

»Ja, weil du gerade in der Mitte des Buches bist. Da weiß man nie, was los ist. Aber keine Sorge, bald wird sich alles auflösen.«

Scotty lachte laut auf und fühlte sich für einen Moment vollkommen frei. All die Rätsel rutschten in weite Ferne, das Herzklopfen und das leichte Gruselgefühl im Nacken. Scottys Herz zog sich zusammen und eine tiefe Wärme legte sich über ihre Schultern. Sie kannte dieses Gefühl, mit Vi hatte sie schon viele solcher Momente erlebt – so fühlte sich Freundschaft an.

»Danke fürs Zuhören, Vi«, flüsterte sie. »Du bist toll, weißt du?«

»Weiß ich. Aber du auch. Weißt du *das*?«

Scotty brummte etwas Unverständliches und wischte sich ihre roten Locken aus dem Gesicht.

»Also«, fuhr Vi fort. »Ein Armband mit einem gravierten A. Ein Mädchen namens Alice, das im Schloss war. Ein geheimnisvolles Mädchen auf einem Ball und Bilder von einem weiteren unbekannten Mädchen. Entweder ihr habt da irgendwo ein Rudel Blondinen rumspringen oder aber …«

»Oder aber wir haben es mit einer Person zu tun.« Scotty starrte auf das Handy. »Vi, das wäre …«

»Irrsinnig aufregend? Ja, allerdings. Und dann sind da

noch diese Briefe. Weißt du, ich hab überlegt, ob sie von dem Lord sind.«

»Von Malcom? Im Ernst? Aber ... aber wieso sollte er das tun?«

»Keine Ahnung. War nur eine Überlegung. Ich meine ... was ist denn die Alternative?«

»Ich ... na ja, ich hatte überlegt, ob es Alice ist.«

»Oooh«, machte Vi am anderen Ende der Telefonleitung. »Meinst du wirklich?«

Seufzend ließ Scotty sich in ihren Sessel fallen. »Keine Ahnung. Ich weiß gerade irgendwie gar nichts mehr. Das ist alles völlig durchgeknallt.«

»Wie gesagt, es gibt bestimmt bald ein paar Lösungen. Du wirst schon sehen.« Vi beugte sich vor und schlürfte irgendetwas Grünes durch einen Strohhalm.

»Will ich wissen, was das ist?«, fragte Scotty naserümpfend.

Vi schüttelte den Kopf. »Nein, eher nicht. Meine Mum püriert wirklich alles, was ihr in die Hände fällt, und setzt es mir dann vor.«

»Klingt ... abenteuerlich.«

»Tja, dein Abenteuer wäre mir lieber, aber was soll ich machen? Apropos: Du solltest dich wieder hineinstürzen. Du brauchst Antworten. *Wir* brauchen Antworten! Und ich sitze hier fest. Also los.«

Mit dem Stürzen war es nicht weit her. Scottys Beine waren nach der Hühnerjagd ganz schön müde und schwer, als sie die vielen Stufen zum Essen hinunterging.

Sie machte einen Umweg über die Küche, um zu schauen, ob Zola Hilfe gebrauchen konnte, und traf dort auf ihren Bruder, der anscheinend denselben Gedanken gehabt hatte. Zola selbst stand etwas verloren in ihrer riesigen Küche.

»Alles okay?«, fragte Scotty und sah sich fragend um. »Ist was?«

»Ach, ich weiß auch nicht, ich glaube, ich werde alt.« Zola fuhr sich durch die Haare. »Ich war mir so sicher, dass noch ein ganzer Laib Brot in der Speisekammer ist. Und bei der Marmelade ... ich dachte, wir hätten fünf Gläser, doch jetzt sind nur noch vier da. Und vom Käse fehlt auch ein großes Stück. Aber vielleicht habe ich beim Abräumen auch geträumt.«

Scotty und Constantin tauschten einen Blick.

»Ist dir denn schon mal was aufgefallen, Zola?«, fragte Constantin. »Also fehlt hier öfter mal etwas?«

»Ach nein. Ich meine, hin und wieder bekommt der Lord spät noch Appetit und bedient sich schon mal selbst. Und neulich, als ich gebacken habe, fehlte ein großes Kuchenstück. Aber das könnte auch einer der Gärtner gewesen sein. Ich bin ja auch nicht die Küchenpolizei.«

»War das nicht, als dieser Kater hier reinkam und dich so erschreckt hat?«, überlegte Scotty laut. »Da stand Kuchen auf dem Tisch dort vorne, ich erinnere mich.«

»Hm, meinst du? Ich weiß nicht, kann schon sein.« Zerstreut wischte Zola mit ihrer Schürze über einen Schmutzfleck. »Wisst ihr, vermutlich liegt es an mir. Ich vermisse die Gräfin und habe noch gar kein Wort von ihr gehört … Ich bin einfach nicht ganz ich selbst.«

»Das verstehen wir«, sagte Constantin mitfühlend. »Du kannst auf uns zählen, Zola.«

»Ach, ihr seid so liebe Kinder.« Die Köchin schniefte. »Na, geht schon rein, ich komme gleich mit dem Essen.«

Scotty und Constantin tauschten einen weiteren Blick. Doch ehe sie miteinander reden konnten, platzte Malcom in den Speisesaal. Heute trug er ein grellpinkes Sakko, das sich fürchterlich mit der Wandfarbe biss, und er hatte irgendetwas mit seinen Haaren angestellt, sie klebten an den Seiten eng am Kopf, aber oben standen ein paar widerborstige Strähnen in die Höhe.

Dylan kam kurz nach ihm herein und warf den Geschwistern einen bedeutungsvollen Blick zu. Durch das Hühnerchaos hatten sie bisher nicht unbeobachtet mit ihm sprechen können. Auch beim Abendessen gestaltete sich das schwierig. Zola tischte ein köstliches Mahl auf und Malcom schien einen ganzen Fragenkatalog ausgearbeitet zu haben, denn er verwickelte die Blackbirds in ein langes Gespräch über ihre erlebten Abenteuer und fesselte seine Gäste damit förmlich an den Tisch.

Schließlich gähnte Constantin unverhohlen und Scotty tat es ihm gleich.

»Ach, ihr Armen.« Evie tätschelte ihrer Tochter die Hand. »Es war wirklich anstrengend heute. Zeit fürs Bett, würde ich sagen. Danke schön, Malcom, für den Abend. Jetzt haben wir Sie so lange aufgehalten.«

»Aber nicht doch!«, rief Malcom. »Ich höre so gerne von Ihrer Arbeit. Vielleicht noch auf einen Schlummertrunk, wenn die Kinderchen im Bett sind …?«

»Heute nicht«, erwiderte Nathan höflich und stand auf. »Nicht dass Sie bald genug von uns haben.«

Malcom wirkte nicht sehr glücklich darüber, doch er fand keine passende Erwiderung und so gelang den Blackbirds die Flucht. Allerdings bestand Edward darauf, sie zu ihren Zimmern zu bringen, unter dem Vorwand, die Gästehandtücher tauschen zu wollen. Scotty unterdrückte ihre Unruhe. Dann würde sie eben später mit ihren Eltern reden. Sie schlüpfte in ihr Zimmer, kontrollierte kurz ihr Handy, aber bis auf ein Foto von Vi, auf dem sie ein paar flauschige Socken mit Katzenöhrchen zeigte, war da nichts Spannendes. Auf dem Nachttisch lag die Bibel, die sie sich aus der Bibliothek ausgeliehen hatte. Das Papier eines Schokoriegels markierte das Buch Esther. Scotty hatte es inzwischen gelesen, sogar zwei Mal, und ihre Bewunderung und ihr Staunen wuchsen mit jedem Gedanken an diese Geschichte. Ihr Vater hatte recht gehabt. Gott wurde nicht erwähnt, doch Esther fastete und betete und Gott half ihr, auch wenn er nicht in Erscheinung trat. Das ganze Buch über konnte man ihn im Hintergrund der Geschichte finden. Doch das machte ihn nicht weniger groß, im Gegenteil: Gott blieb derselbe. Egal, ob die Menschen ihn erkannten oder nicht. Kein Mensch, kein Glaube, einfach nichts würde je etwas an seiner Größe ändern können.

»Danke«, flüsterte Scotty in den leeren Raum. »Danke,

dass du da bist, dass nichts dich ändern kann, dass du immer derselbe bist. Und dass du versprochen hast, da zu sein, für jeden, der deinen Namen anruft.«

Einen Moment stand Scotty ganz still da und war sich bewusst, dass sie niemals allein war. Überallhin würde Gottes Blick ihr folgen und sein Wort würde in ihrem Herzen mit ihr gehen. Dann huschte sie über den Flur, zu Constantins Zimmer hinüber, und klopfte.

Ihr Bruder öffnete sofort die Tür, beinahe, als hätte er auf Scotty gewartet. Seine eichhörnchenroten Haare standen in alle Richtungen ab. »Da bist du ja. Gehen wir rüber?«

Als Scotty nickte, schloss Constantin seine Zimmertür und lief neben ihr über den Flur. »Also, was ist unser Plan?«

»Wir sollten mit unseren Eltern reden. Langsam wird mir die Sache hier zu groß.«

Doch als sie an die Tür ihrer Eltern klopften, kam keine Antwort. Scotty probierte es noch einmal – nichts. Stirnrunzelnd drückte sie die Klinke hinunter. Waren ihre Eltern so früh schlafen gegangen? Die Klinke bewegte sich, doch die Tür war abgeschlossen. »Das ... verstehe ich nicht.«

»Vielleicht sind sie bei Dylan?«

»Lass uns nachsehen.«

Doch auch hinter Dylans Tür regte sich nichts.

»Das Kaminzimmer?«, schlug Constantin vor, doch er klang nicht überzeugt.

»Ich weiß nicht, dann hätten sie doch ...« Scotty brach ab, als Constantins Augen plötzlich groß wurden. Im nächsten Moment spürte sie, wie jemand hinter sie trat. Scotty drehte sich um – und fand sich Auge in Auge mit Edward, dem Butler.

»Solltet ihr nicht schon in euren Betten liegen?« Edward musterte sie aus unergründlich dunklen Augen.

»Es sind Ferien«, wandte Scotty ein und kam sich gleich dumm vor.

Edward starrte sie nur weiter an und unter seinem eindringlichen Blick fühlte Scotty sich ganz klein. »Wir gehen ja schon«, murmelte sie und trat den Rückzug an.

Als ihre Zimmertür hinter ihr ins Schloss fiel, lehnte sie sich mit einem Stöhnen dagegen.

Oh Mann, Königin Esther hätte sicher nicht klein beigegeben, dachte sie wütend und ballte die Fäuste. *Er hat kein Recht, uns in unsere Zimmer zu schicken!*

Keine Sekunde später erklang ein Kratzen, dann streckte Constantin den Kopf aus ihrem Schrank und grinste frech. »Dann eben hier lang!«

Leise bewegten sich Scotty und Constantin durch die Geheimgänge des Schlosses und lauschten auf jedes Geräusch. Bald schon kamen sie in Gänge, in denen sie vorher nicht gewesen waren. An einem Abzweig war ein Teil der Balkenkonstruktion heruntergekommen und versperrte den Weg. Scotty leuchtete mit der Taschenlampe hinein – und machte vor Schreck einen Satz rückwärts, als sie plötzlich in zwei tiefgrüne Augen blickte! Im nächsten

Moment ertönte ein verschlafenes Miau und dann schlich der schwarze Kater aus der Dunkelheit auf sie zu und rieb den Kopf an Constantins Knöcheln.

»Na hallo«, brummte der und streichelte das Tier. »Du kennst dich hier unten also auch aus?«

»Dieses Tier sollte ein Warnschild vor sich hertragen!«, stöhnte Scotty. »Oder eine Begleitmelodie haben. Irgendwann klebe ich noch einmal vor Schreck an der Decke, wenn er so weitermacht.«

»Ich bin mir unsicher, ob das physikalisch möglich ist«, entgegnete Constantin und richtete sich auf. »Na, kommst du mit uns?«, fragte er den Kater, der erneut um seine Füße strich und dann wie selbstverständlich den Gang hinunterlief. Scotty folgte ihm brummelnd und mit hektisch klopfendem Herzen. *Wo ist der Stubentiger denn jetzt schon wieder hergekommen?*

Die Kreidebeschriftungen wurden in diese Richtung weniger. Fast als wäre die Person vor ihnen hier auch nicht allzu oft gewesen. Doch ein Begriff stand noch dort, der sie aufmerken ließ: *Geheimzimmer*. Und genau in diese Richtung strebte auch der Kater.

Constantin hatte einen Kompass in der Hand und versuchte, sich zu orientieren. »Wir sind immer noch irgendwo auf unserem Stockwerk«, murmelte er. »Aber weit kann es nicht mehr gehen, wir sind schon zu lange in diese Richtung gelaufen. Halt Ausschau, Scotty, irgendwo …« Tatsächlich erfasste das Licht der Taschenlampe eine Wand, die sich unüberwindbar vor ihnen aufbaute. Doch leise Stimmen ließen Scotty ein Ohr an die Wand pressen und Constantin aufgeregte Zeichen geben, als sie die Stimme ihrer Mutter erkannte. Worte waren nicht zu verstehen, doch das war eindeutig Evie Blackbird, die da sprach.

Scotty zuckte erschrocken zusammen, als der Kater an ihrem Fuß vorbeistrich und mit der Pfote gegen die Wand schlug. »Garfield scheint den Weg zu kennen«, raunte sie Constantin zu, der über den Vergleich nur müde den Kopf schüttelte und stattdessen die Wand abtastete.

Die Stimmen dahinter wurden lauter. Zwei tiefere, Nathans und Dylans, gesellten sich zu der hellen von Evie.

»Ich weiß doch auch nicht, was es ist«, meinte Dylan. »Aber ich sage euch, mit diesem Kerl stimmt irgendetwas nicht!«

»Ich verstehe ja, dass du durch den Wind bist. Das alles hier ist nicht das, was du erwartet hast. Aber Malcom kann nichts dafür.«

»Ach Evie, erzähl mir doch nicht, dass du diesen Kerl nicht auch schräg findest!«

»Na ja … er ist vielleicht etwas sonderbar«, druckste Evie herum. »Aber das ist ja wohl kein Grund, ihn für einen schlimmen Menschen zu halten.«

»Ich halte ihn für einen Betrüger, ich sag's euch geradeheraus. Irgendetwas ist hier im Busch und ich werde es euch beweisen!«

»Dylan«, ließ sich jetzt auch Nathan vernehmen. »Was hast du vor?«

In diesem Moment stieß der Kater, dem es wohl nicht

schnell genug ging, ein protestierendes Miauen aus. Augenblicklich verstummten die Stimmen.

»Was war das?« Evie war kaum noch zu verstehen, aber Scotty konnte den alarmierten Gesichtsausdruck ihrer Mutter förmlich vor sich sehen.

Irgendjemand raunte etwas Unverständliches.

Scotty unterdrückte einen Aufschrei, als unter ihren Füßen ein Klopfen ertönte, gefolgt von der Stimme ihres Vaters. »Ist da jemand?«

Sie waren aufgeflogen!

»Also wirklich, Nathan!«, hörte Scotty ihre Mutter lachen. »Was denkst du denn? Dass gleich jemand aus der Wand …?«

Constantin hockte sich hin und klopfte mit den Knöcheln das geheime Erkennungszeichen der Blackbirds auf den Boden. Zweimal schnell, lang, zweimal schnell.

Evies Stimme brach abrupt ab und etwas polterte hinter der Wand, fast wie ein Stuhl, der hektisch umgeworfen worden war.

»Wir sind's«, sagte Scotty halblaut und es klang ein bisschen kläglich. »Hi.«

»Kinder?«, quiekte Evie. »*Was macht ihr in der Wand?*«

»Ich wusste doch, ihr würdet die Gänge finden!« Dylan klang stolz, seine Stimme näherte sich. »Wartet, ich lasse euch rein.« Ein Klicken ertönte. Und plötzlich öffnete sich eine schmale Klappe auf der Höhe von Scottys Knien. Neugierig spähte sie in den darunterliegenden Raum. Ihre Eltern starrten ihr fasziniert entgegen, ihre Mutter hatte die Hände über dem Kopf zusammengeschlagen. »Soraya Blackbird!«

»Hi Mum.« Grinsend kletterte Scotty durch die Klappe und ergriff Dylans Hand. Ein bisschen wackelig kam sie auf dem Boden auf. »Überraschung!«

»Allerdings.« Ihr Vater lachte, während Constantin ebenfalls heruntergeklettert kam, den schwarzen Kater auf dem Arm. »Es gibt hier also einen Geheimgang?«

»Nicht nur einen.« Dylan verschloss den Gang sorgfältig wieder. »Die Klappe kann nur von dieser Seite geöffnet werden, das ist ein bisschen ungünstig«, erklärte er entschuldigend. »Ich hatte die Gänge fast vergessen. Als ich in eurem Alter war, war ich ständig darin unterwegs.«

»Ach, dann stammen die Markierungen von dir?«, fragte Constantin und ließ sich auf einem Stuhl nieder, während Scotty den Raum näher unter die Lupe nahm. Er war winzig klein und hatte kein Fenster, weswegen sich ihr Magen zusammenzog. Evie bemerkte das, trat schnell auf ihre Tochter zu und legte ihr beruhigend die Hände auf die Schultern. »Alles gut«, flüsterte sie. »Kein Grund zur Sorge.«

»Welche Markierungen?«, fragte Dylan stirnrunzelnd. »Ich habe keine gemacht.«

»Hm, dann war wohl nach dir noch jemand in den Gängen.«

»Ach, das wundert mich nicht, Lady Fiona hat viele wie mich aufgenommen. Sie hat ein großes Herz für Kinder.«

»Und für Geheimnisse?«, fragte Scotty. »Was ist das hier?«

»Cool, oder? Der Raum liegt hinter einer Säule und ist auf

den ersten Blick nicht zu sehen. Eine optische Täuschung. Ich habe ihn durch Zufall gefunden. Er ist kein richtiges Geheimnis; wie ihr seht, sind hier Möbel und es versinkt nicht alles im Staub. Aber ich mag ihn trotzdem gern und man kann hier ungestört reden.« Dylan sah sich voller Stolz um. »Ich habe es das ›Versteckte Kaminzimmer‹ getauft.«

Constantin runzelte die Stirn. »Aber ... hier gibt es keinen Kamin ...«

Scotty sah, dass ihr Vater sich ein Grinsen verkniff. Er hob die Hand zu einem stummen High Five in Constantins Richtung.

Dylan verdrehte die Augen. »Bitte schön, den nächsten versteckten Raum dürft ihr dann benennen, wenn ihr das so viel besser könnt.«

»Als ob du ständig über einen stolpern würdest«, neckte Nathan seinen besten Freund.

»Hey, ihr Kindsköpfe!«, mischte Evie sich ein. »Können wir vielleicht kurz darauf zurückkommen, dass meine Kinder gerade quasi aus der Wand gefallen sind und du, Dylan, anscheinend davon wusstest, dass sie dahinter rumgeistern? Ganz allein! Und mitten in der Nacht!«

»Oh Mum, es ist alles okay«, gähnte Constantin. Er hatte sich auf dem Stuhl zurückgelehnt, der Kater lag schnurrend und mit geschlossenen Augen auf seinem Schoß. »Wir waren supervorsichtig und Scotty hat mich gleich geholt, als sie den ersten Gang entdeckt hat.«

»Ich wusste, du hast es in dir, kleiner Fuchs.« Dylan grinste Scotty anerkennend an. »Welcher war es?«

»Der in der Bibliothek«, nuschelte Scotty mit roten Wangen und ein bisschen stolz. »Eigentlich war es eher ein Zufall.«

»Und wohin führen diese Gänge?«, fragte Nathan und ließ sich ebenfalls wieder auf einem Stuhl nieder.

»Wir haben noch nicht alle erforscht, aber es scheint sie im gesamten Schloss zu geben. Einer ist auf jeden Fall verschüttet.«

»Sie sind sehr alt, angeblich haben schottische Rebellen sie damals angelegt, aber so genau weiß ich das auch nicht.« Dylan nickte. »Ach, ich wünschte, ich wäre noch einmal so jung wie ihr und könnte durch die Gänge streifen ...«

»Wohl eher so klein, mit deinen Schultern schaffst du es auf keinen Fall durch so eine Luke«, gluckste Nathan und duckte sich unter dem erbosten Blick, den Dylan ihm zuwarf.

»Schön.« Evie wirkte nur halbwegs beruhigt. »Darüber reden wir noch. Worüber wir gerade gesprochen haben, bevor ihr reingeplatzt seid, war ...«

»... Malcom!« Dylan richtete sich auf. »Kinder, was habt ihr herausgefunden? Tut mir leid, dass ich ihn nicht länger fortlocken konnte.«

Scotty spürte, wie ihre Mutter sich versteifte. »Moment mal, was? War das etwa ein Ablenkungsmanöver? Wolltest du deswegen nicht mit mir im Dorf bummeln gehen, Soraya?«

Scotty zog den Kopf ein. Wenn ihre Mutter sie bei ihrem vollen Namen nannte, war meistens Schluss mit lustig.

»Wir wollten uns doch nur mal in Ruhe umsehen«, sprang Constantin rasch in die Bresche. »Ich glaube auch, dass hier irgendetwas nicht stimmt.«

»Genau, und ich auch«, nickte Scotty hastig. »Also, was wir gefunden haben, ist so eine Art Handbuch zur Familiengeschichte.«

»Aber das muss nichts bedeuten, Malcom interessiert sich eben für seine Herkunft.« Nathan schüttelte den Kopf. »Nein, das beweist wirklich gar nichts.«

»Trotzdem, an dem Kerl ist etwas komisch«, beharrte Dylan. »Und irgendwie kommt er mir auch so bekannt vor.«

»Vielleicht eine Familienähnlichkeit zu Lady Fiona?«, vermutete Nathan. »Das würde doch Sinn ergeben.«

Aber Dylan schüttelte den Kopf. »Ich weiß auch nicht. Ich kann es nicht erklären, aber irgendwas ist da. Und dann noch seine Lüge, was den Anruf in Fionas Hotel angeht.«

»Wir haben gesehen, wie er auf dem Ball mit einem Mann gesprochen hat. Heimlich. Im Garten«, platzte es aus Scotty heraus, aber Nathan wirkte immer noch nicht überzeugt. »Das kann tausend Gründe haben. Habt ihr gehört, worum es ging?«

»Ich hoffe nicht!«, schnappte Evie. »Ich habe doch meine Kinder nicht dazu erzogen, Leute zu belauschen!«

»Ach komm schon, Evie!«, sprang Dylan seinen Patenkindern bei. »Manchmal ist das ja wohl unerlässlich. Also habt ihr etwas verstehen können?«

»Nicht viel. Aber er scheint etwas zu suchen. Und er hat

auch die Gräfin erwähnt.« Constantin verzog das Gesicht. »Es war äußerst seltsam.«

Ihr Vater war nicht überzeugt. »Seltsam reicht aber nicht, ich glaube wirklich, ihr tut dem armen Kerl unrecht. Das alles könnte ein riesiges Missverständnis sein.«

Scotty schaute fragend zu Constantin. Sollten sie von den Briefen erzählen? Von Alice? Den Fotos und dem Armband? Ihre Mutter wirkte ziemlich aufgebracht und auch die Falte auf Nathans Stirn war kein gutes Zeichen. Was, wenn sie ihnen verboten weiterzuforschen? Was, wenn es ihre Abreise bedeuten würde? Sie konnten hier nicht weg, ehe dieses Rätsel gelöst war!

»Hört mal, ich verstehe das ja«, sagte Nathan in besänftigendem Tonfall. »Das alles hier: das Schloss; dass Lady Fiona nicht hier ist; die Geheimgänge ... das ist nicht der Urlaub, den ihr erwartet hattet. Und dieses Gemäuer schreit förmlich nach großen Geheimnissen. Aber manchmal ist ein Schloss nur ein Schloss und ein bunter Lord nur ein bunter Lord. Nicht in jeder Geschichte steckt ein Rätsel, auch wenn wir Blackbirds das gerne so hätten, okay? Ich bin der Letzte, der wegschauen würde, wenn es hier etwas aufzulösen gäbe. Aber ich glaube wirklich, dass ihr euch irrt.«

Scotty senkte den Kopf. Hatte ihr Vater recht? Hatten sie einen Geist gejagt? War das alles nur eine Spinnerei?

Aber die Briefe, flüsterte eine Stimme in ihrem Kopf. *Was ist mit den Briefen?*

»Nun schaut doch nicht so traurig!« Evie schüttelte ihre

Tochter ein kleines bisschen an den Schultern. »Ist es nicht toll, einfach mal Ferien zu haben? Kein Rätselraten, kein Kopfzerbrechen? Einfach nur Pancakes zum Frühstück?«

»Zola macht wirklich großartige Pancakes.« Nathan rieb sich den Bauch. »Die werden mir fehlen, wenn wir abreisen!«

»Wann denn?«, fragte Constantin und hob ruckartig den Kopf. »Ich meine … steht das schon fest?«

»Na ja, die vollen Ferien würde ich unter diesen Umständen eher nicht bleiben.« Nathan hob die Schultern. »Wollt ihr denn auch nicht lieber nach Hause?«

»Nein!«, riefen die Geschwister gleichzeitig.

»Ich bin noch nicht auf den Pferden geritten«, fügte Constantin hinzu.

»Und ich habe noch lange nicht alle Bücher in der Bibliothek gesehen«, setzte Scotty nach. »So eine Chance bekomme ich doch nie wieder.«

»Ich werde hier nicht weggehen, ehe ich nicht mit Fiona gesprochen habe«, erklärte Dylan mit fester Stimme. »Meine Tante ist verschwunden und ich werde sie finden! Dieser farbenblinde Gockel wird sich mir nicht in den Weg stellen!«

»Wir helfen dir«, versprach Scotty und griff nach seiner Hand. »Du kannst auf uns zählen.«

Seufzend rieb Nathan sich mit beiden Händen über das Gesicht. »Ich wollte doch einfach nur Urlaub machen«, klagte er. »Na schön. Wir werden dich natürlich nicht im Stich lassen. Wir bleiben, bis du Gewissheit hast oder weißt, was du tun willst. Aber ihr zwei haltet euch aus Schwierigkeiten raus, verstanden?« Nathan schaute seine Kinder streng an. »Ich möchte ungern neben einer verschwundenen Gräfin auch noch meine Kinder suchen müssen!«

»Wir geben unser Bestes«, versprach Constantin und Scotty konnte die Aufregung in seiner Stimme hören. Dieselbe, die auch in ihrem Bauch herumwaberte. Sie würden bleiben. Und sie würden das Geheimnis von Carraig Castle lösen!

Auf dem Rückweg nahmen sie den normalen Weg durch die Flure. Staunend betrachtete Scotty die Säule, hinter der der geheime Raum lag. Es war wirklich eine großartige optische Täuschung.

Murmelnd verabschiedeten sie sich voneinander und Scotty drückte ihre Mutter fest an sich. Constantin hielt noch immer den Kater im Arm.

»Sorg bloß dafür, dass Edward ihn nicht sieht«, meinte Nathan dazu nur.

Vor ihren Zimmern trödelten die Geschwister so lange herum, bis die elterliche Tür ins Schloss fiel. Dann huschte Scotty zu Constantin hinüber. Aus den Augenwinkeln sah sie eine Bewegung. Dylan stand noch im Türrahmen und sah sie an. Scotty schluckte. Was sollte sie dem Mann sagen, der für sie der liebste Onkel und Freund war? Aber manchmal musste man gar nichts sagen. Dylan verstand ihren Blick und ein kleines Lächeln erhellte seine Züge. Er nickte ihr zu, dann schloss er seine Tür und Scotty schlüpfte hinter Constantin in dessen Zimmer. Der Kater sprang aus Constantins Armen und reckte sich gähnend. Alles sah aus wie immer – doch dann entdeckten die Geschwister den Zettel. Er lag auf dem Kopfkissen, genau in der Mitte, sorgfältig platziert.

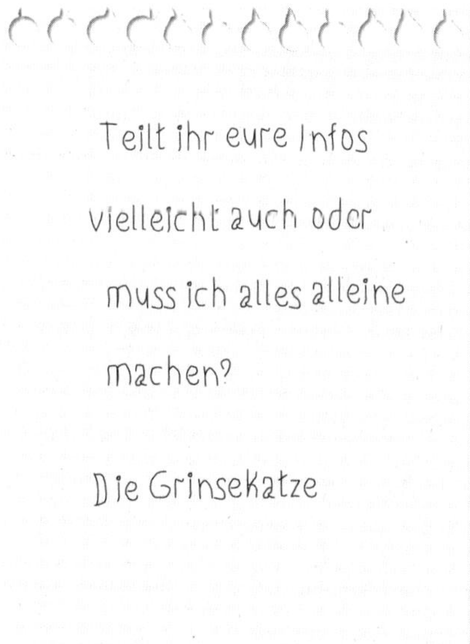

Auf der unteren Ecke war ein roter Klecks. Scotty rieb behutsam darüber und roch an dem Papier. »Wir sind nicht allein in diesem Schloss«, flüsterte sie. »Und wer immer hier noch rumschleicht, steht auf Marmeladensandwiches.«

Kapitel 17
Brieffreundschaften mit Schlossgespenstern

Constantin

»Wie lange geben wir ihr?«

»Ihr?« Verwundert sah Constantin zu seiner Schwester auf. Er hockte auf dem Boden des Hühnergeheges und streichelte über Gertrudes weiche Federn. Die kleine Henne pickte in den Körnern herum, die er für sie mitgebracht hatte. Den schwarzen Kater hatte er in einem von Edward unbeobachteten Moment in die Freiheit des Schlossgartens entlassen.

»Na, der Grinsekatze. Wie lange geben wir ihr?« Scotty tigerte unruhig auf und ab und irritierte den Rest der Hühner, die sich auf die andere Seite des Geheges zurückgezogen hatten.

»Woher soll ich das denn wissen? Sehe ich vielleicht

aus wie ein Experte für Brieffreundschaften mit Schlossgespenstern?«

»Vielleicht hätten wir was anderes zu dem Brief legen sollen, doch kein Marmeladenbrot.«

Constantin verdrehte die Augen. »Scotty, ich glaube wirklich nicht, dass es daran liegt!«

»Was, wenn Edward es findet? Was, wenn es *irgendjemand* findet? Was, wenn …?«

»Kannst du mal aufhören?« Gertrude flatterte unruhig mit den Flügeln und Constantin senkte schnell seine Stimme. »Wir müssen ruhig bleiben. Der Brief ist sicher und sie wird ihn schon finden. Oder er. Keine Ahnung. Wir können nichts tun, außer abzuwarten.«

Scotty seufzte so laut, dass es vermutlich bis in den Keller des Schlosses zu hören war. Constantin musste ein bisschen schmunzeln. Seine kleine Schwester war wirklich die Ungeduld in Person.

Gestern Abend schon hatten sie den Plan gefasst, einen Brief an die geheimnisvolle Grinsekatze zu schreiben. Scotty war am Morgen mit einem ersten Entwurf in sein Zimmer geplatzt, noch vor dem Frühstück! Constantin hatte sich die Decke über den Kopf gezogen, doch es hatte nichts geholfen. Sie hatten den Zettel in die Bibliothek gelegt, in den Eingang zum Geheimgang. Und dazu ein Marmeladenbrot vom Frühstück, das sie rausgeschmuggelt hatten. Das war Scottys Idee gewesen. »Mit Honig fängt man Fliegen«, hatte sie verkündet. »Und mit Marmeladenbroten vielleicht Grinsekatzen.«

Constantin war zwar nicht überzeugt gewesen, hatte sich aber gefügt. Die Nachricht lautete jetzt:

Du willst Informationen?
Dann beweis uns, dass du auf
unserer Seite bist!

Die Blackbirds

Constantin schaute auf Gertrude hinunter, die zutraulich in seine Hand pickte. »Denkst du, wir haben einen Fehler gemacht gestern Abend?«

Scotty hielt in ihrem Umherwandern inne, kam zurück und hockte sich zu ihrem Bruder. Gertrude musterte sie neugierig. »Du meinst, weil wir unseren Eltern nichts von den Briefen erzählt haben?«

»Ja. Aber Mama wäre ausgeflippt.«

»Und darum haben wir es nicht gemacht.« Scotty fuhr sich durch die langen roten Haare. »Aber ... je nachdem, was heute passiert ... vielleicht sagen wir es dann Dylan? Nur zur Sicherheit. Er könnte uns Rückendeckung geben.«

»Ja, das ist eine gute Idee.« Constantin schob Gertrudes Kopf beiseite, als sie nach seinem Schnürsenkel pickte. »Also falls wir eine Antwort bekommen, reden wir mit ihm?«

Scotty kaute auf ihrer Unterlippe herum. »Okay.«

Constantin spähte zum Schloss hinüber. »Ich wünschte, Yashar wäre hier.«

»Oh ja, ich auch! Hast du was von ihm gehört?«

»Noch nicht, du weißt ja, wie schlecht der Handyempfang in der Wüste ist. Er weiß noch gar nicht, was hier alles los ist.«

Scotty gluckste. »Na ja, ich bin mir sicher, Willi ist froh darüber, dieses Abenteuer auslassen zu dürfen. Jetzt, wo ein Kater im Spiel ist.«

Constantin verdrehte die Augen und richtete sich auf. »Wir sollten eine Weile vom Schloss weg. Wenn wir hier rumlungern, kommt die Grinsekatze vielleicht nicht.«

»Was schlägst du vor?«

»Wie wäre es mit einem ausgedehnten Spaziergang mit den Hunden? Edward wird froh sein, uns für eine Weile los zu sein. Mum ist glücklich, wenn wir uns von den Gängen fernhalten, und die Grinsekatze hat freie Bahn. Und es kann nicht schaden, die Umgebung hier ein bisschen zu kennen. Für alle Fälle.«

Scotty seufzte erneut. »Na gut. Aber nur, weil deine Argumente wirklich gut sind.«

Wirklich lange hielten die Geschwister es nicht außerhalb des Schlosses auf. Die Neugier, ob es eine Reaktion auf ihre Nachricht gegeben hatte, war einfach zu groß. Außerdem fing es schon wieder an zu nieseln.

Edward wirkte nicht besonders erfreut, als sie mit nassen, schlammigen Schuhen in der Eingangshalle aufkreuzten. Im Gegenteil, sein Blick wurde finsterer als die dunkelste Nacht. Hastig suchten Scotty und Constantin das Weite und flitzten in die Bibliothek. Constantins Herz schlug wie verrückt. Alles wirkte unverändert und doch lag da etwas in der Luft. Der Hauch eines Geheimnisses.

Der Brief war verschwunden. Ebenso wie das Marmeladenbrot. Doch dafür lag etwas anderes dort.

»Ist das ein Schlüssel?« Scotty drehte den kleinen eisernen Gegenstand in der Hand. »Wofür soll der sein?«

»Nun, ich will mich nicht zu weit aus dem Fenster lehnen, aber ich würde mal vermuten, für ein Schloss.«

Während Scotty die Augen verdrehte, glaubte Constantin für einen Moment, ein Kichern aus den Tiefen des Geheimganges zu hören. Eine Gänsehaut lief ihm über den Rücken. »Hallo?«, rief er in den Gang hinein. Doch nichts als Stille antwortete ihm.

Er ignorierte Scottys fragenden Blick und warf einen Blick auf den Zettel, der neben dem Schlüssel gelegen hatte.

Der Schuppen im Garten,

neben dem Zwinger.

Beeilt euch!

Die Grinsekatze

»Was ist im Schuppen?«, murmelte Scotty und drehte den Schlüssel zwischen ihren Fingern.

»Ich schätze, es gibt nur eine Art, das herauszufinden.«

Der Schuppen stand recht nah an der Schlossmauer. Efeu hatte das Dach und auch einen Teil der Wände überwuchert.

»Ist der noch in Gebrauch?«, fragte Scotty skeptisch. »Sieht ja nicht so aus.«

Constantin stimmte ihr zu. Die Tür klemmte. Er musste erst das Efeu beiseiteziehen und Scotty zerrte mit aller Macht an der rostigen Klinke. Erst dann entstand ein Spalt, durch den die Geschwister hindurchschlüpfen konnten. Im Inneren des Schuppens war es – na ja, wie man sich einen Schuppen eben vorstellte. Ein bisschen muffig, es roch nach Erde und irgendwie metallisch und in den Ecken waren Spinnweben. Gartengeräte standen herum, allerdings wirkten die meisten eher ausgemustert und vergessen. So wie eigentlich der ganze Ort.

»Was zum Kuckuck sollen wir denn hier?«, wisperte Scotty und sah sich um. »Hier ist nichts.«

»Es muss aber etwas da sein, sonst hätte sie uns nicht hergeschickt.«

»Oder es ist ein Trick und deine feine Grinsekatze hockt irgendwo und lacht sich ins Fäustchen. Oder durchwühlt gerade unsere Zimmer, klaut das Porzellan – oder tut sonst etwas!«

»Niemand braucht Porzellan.« Constantin schüttelte den Kopf und zückte seine Taschenlampe. »Schau genauer hin, hier muss doch ...« Er stockte. Sein Blick war auf den Fußboden gefallen. Den sehr staubigen Fußboden. »Halt, stopp!«, befahl er und erstarrte. »Bloß nicht bewegen!«

»Ist da eine Spinne auf mir?«, quietschte Scotty mit aufgerissenen Augen. »Wehe, wenn da eine Spinne auf ...«

»Keine Spinne, Scotty, sieh doch! Der Boden!«

Im hellgrauen Staub zeichneten sich die Fußspuren der Geschwister ab. Und nicht nur die!

»Oh!«, hauchte Scotty, die in Sekundenschnelle verstanden zu haben schien. »Alles klar, los, hier lang.« Sie schob sich an einer Schubkarre vorbei und wich einem Rasenmäher aus. »Okay, hier hinten sind Kisten und Säcke. Ist ziemlich schwierig dranzukommen.«

Constantin folgte ihr und stieß sich hart das Knie, dann

schepperte ein Eimer unter einem unvorsichtigen Tritt. »Kannst du was sehen?«

»Nein, nicht wirklich ... Warte mal.« Scotty streckte die Hand aus und zupfte an einem Sack. Der Stoff rutschte beiseite und offenbarte ...

»Koffer?« Stirnrunzelnd beugte Constantin sich vor, um besser sehen zu können. »Warum stellt jemand Koffer in einen Gartenschuppen?«

»Damit sie niemand findet.« Scotty riss auch den Rest des Sackes beiseite und offenbarte einen weiteren Koffer. Sie waren schick und gehörten eindeutig nicht hierher. Scotty strich mit dem Finger über einen eingestickten Schriftzug. »Carraig Castle«, las sie vor. »Das sind Lady Fionas Koffer!«

»Aber was machen die hier im Schuppen, wenn die Lady doch angeblich verreist ist?«

Mit weit aufgerissenen Augen drehte Scotty sich zu ihrem Bruder um. »Constantin, hier stimmt etwas ganz gewaltig nicht.«

»Wir müssen mit Dylan reden!«

»Ja, das sollten wir.«

Constantin griff nach den Säcken. »Los, es muss alles wieder genauso aussehen wie vorher. Malcom darf uns nicht auf die Schliche kommen.«

»Denkst du, er steckt dahinter?«

»Ich weiß es nicht. Aber irgendwer tut es und ich glaube, die Grinsekatze weiß sehr viel mehr als wir.« Im nächsten Moment beschlich Constantin ein furchtbarer Verdacht. »Oh nein!«

»Was denn?«, fragte Scotty beunruhigt.

»Was, wenn die Grinsekatze nicht nur mehr weiß ... Was, wenn sie auch hinter dem Verschwinden der Gräfin steckt?«

Constantin konnte förmlich sehen, wie es im Kopf seiner Schwester zu rattern begann. Eine Weile starrte Scotty konzentriert vor sich hin, dann schüttelte sie den Kopf. »Nein.«

»Nein?«

»Nein. Ich glaube nicht, dass sie böse Absichten hat. Das ergibt keinen Sinn, sie hat uns auf Malcoms Fährte geschickt und hierher ... Nein, ich glaube, wir können ihr vertrauen. Das sagt mir mein Bauch.«

Constantin nickte langsam. Das gruselige Gefühl, das ihm eine Gänsehaut beschwert hatte, verschwand wieder. Wahrscheinlich gab es sowieso keinen anderen Weg, als die gesamte Wahrheit ans Licht zu bringen. Nur so würden sie völlige Gewissheit über das Vorgehen auf Carraig Castle bekommen.

Als die Lichter erloschen, kehrte Stille ein und Carraig Castle versank langsam in tiefem Schlaf. Bis sich eine Tür leise, fast lautlos öffnete und eine Gestalt verstohlen den Flur hinunterhuschte. Schritt für Schritt, die Gänge entlang, bis sich die Tür zur Bibliothek mit leisem Knarren öffnete. Die Gestalt hielt inne und hielt die Luft an, doch nichts rührte sich. Also huschte der dunkle Schatten in die Bibliothek. Auch hier war es still. Die Bücher ruhten in ihren Regalen und das Licht des Mondes strahlte silbern durch die bodentiefen Fenster.

Zielstrebig huschte die Gestalt auf ein bestimmtes Regal zu und drückte den versteckten Hebel. Lautlos schwang die Tür zum Geheimgang auf.

Constantin Blackbird starrte in den dunklen Tunnel und räusperte sich. »Ich weiß, dass du da drin bist«, sagte er und seine Stimme zitterte nur ein kleines bisschen. »Wir haben den Schuppen gefunden und auch, was darin ist. Du kannst uns vertrauen. Wir werden dir helfen. Aber wir müssen wissen, was genau hier vor sich geht! Also wäre es nett, wenn du mit uns reden würdest.« Er zuckte mit den Schultern und ließ den Rucksack von seiner Schulter rutschen. »Ist nur ein Vorschlag. Ich weiß nicht, wie du so zurechtkommst, aber hier sind Brote vom Abendessen drin und meine Taschenlampe und eine Tafel Schokolade. Und etwas Tee. Wenn du irgendetwas Bestimmtes brauchst, lass es mich wissen.« Er schob den Rucksack in den dunklen Gang und lauschte ein weiteres Mal. Doch es rührte sich nichts.

Überhaupt gar nichts.

Constantin kam sich ein bisschen dumm vor, mit einem leeren Tunnel zu sprechen. Aber vielleicht brauchten auch Schlossgespenster und Grinsekatzen ihren Schönheitsschlaf.

Constantin verschloss den Geheimgang wieder und schlich zurück in sein Zimmer. Die Gestalt auf dem Sofa in der Bibliothek, die ihn aus dunklen Augen betrachtete und dabei den schwarzen Kater auf dem Schoß hielt ... die hatte er nicht bemerkt.

Kapitel 18

Das Gespenst in der Stadt

Constantin

Tief atmete Constantin den Geruch des Cafés ein. Zimt und Zucker, Schokolade und Kaffee. Eine perfekte Mischung an diesem Morgen. Scotty und er hatten Carraig Castle verlassen und waren in das kleine Dorf hinuntergefahren. Mit der Kutsche! Lieber noch wäre er geritten, aber das hätte Edward wohl niemals erlaubt. Die Miene des Butlers schien in den letzten Tagen noch finsterer geworden zu sein. Auch wenn Constantin dieses Abenteuer schon irgendwie genoss, war es auch schön, dem Schloss heute mal für einen Tag zu entfliehen. Nichtsdestotrotz war er heute ganz früh in die Bibliothek geschlichen und hatte einen Blick in den Geheimgang geworfen. Seine Taschenlampe und der Rucksack hatten ordentlich am Eingang gelegen – der Rest war spurlos verschwunden.

»Weißt du schon, was du willst?« Scotty wippte neben ihm auf den Füßen auf und ab. »Es gibt so viele Sorten, wie soll man sich da für einen einzigen Milchshake entscheiden?«

»Ich bin sicher, du schaffst das.«

»Lass uns auf jeden Fall zwei verschiedene nehmen, damit wir zwei Sachen probieren können.«

»Solange mein Milchshake mit Schokolade ist«, seufzte Constantin gutmütig. Er wusste, dass seine kleine Schwester sich ebenso den Kopf über die Geschehnisse im Schloss zerbrach wie er selbst. Aber hier konnte sie etwas runterfahren und ihre Gedanken sortieren. Sie hatten noch keine Gelegenheit gehabt, in Ruhe mit Dylan zu sprechen, ihr Patenonkel schien eine eigene Spur zu verfolgen. Vielleicht klappte es ja später, wenn sie wieder im Schloss waren.

»Wie willst du vorgehen?«, unterbrach Scotty seine Gedanken. »Sollen wir einfach durch die Straßen laufen und …«

»Ich würde am Hafen anfangen«, erwiderte Constantin. »Da war doch dieser Junge, als wir ankamen. Er schien ganz gut Bescheid zu wissen und vielleicht … na ja, es ist einen Versuch wert, oder?«

»Auf jeden Fall.« Scotty nickte heftig. »Okay, ich denke, ich nehme den mit Karamell und Haselnuss und was, wenn du den mit …«

Constantin schaute auf die Karte mit den Angeboten und wartete darauf, dass seine Schwester weiterredete. Doch Scotty verstummte abrupt und sprach auch nicht weiter. »Wenn ich was?« Constantin wandte sich zu ihr um – doch

Scotty war fort. Verwundert drehte er sich einmal um sich selbst, aber Scotty war nicht mehr im Laden.

Dafür sah er eine kleine Gestalt mit grüner Jacke und roten Haaren draußen am Fenster vorbeirennen.

»Scotty!« Constantin stürmte zur Tür, wich einem hereinkommenden Pärchen aus und raste nach draußen. Ein Windstoß traf ihn hart von der Seite. Scottys roter Haarschopf blitzte am Ende der Straße auf. Constantin rannte los. Seine Beine waren länger als die seiner Schwester, doch Scotty war unheimlich schnell. Sie flitzte um eine Ecke und Constantin legte noch einen Zahn zu. Panik tastete nach seinem Herzen und raubte ihm den Atem. *Wovor rannte Scotty davon? Oder ... wem oder was hinterher?*

Er bog um die Ecke – und rannte beinahe in Scotty hinein. Gerade so konnte er abbremsen und hielt sich an einer Straßenlaterne fest. Sein Herz pumpte wie verrückt. »Scotty, was zum ...?«

»Er ist weg, ich hab ihn verloren! So ein Mist!«

»Wen?« Constantin fasste seine Schwester an den Schultern. »Du bist ganz bleich. Hast du ein Gespenst gesehen?«

»Er muss eine andere Abzweigung genommen haben. Hast du ihn nicht bemerkt?«

»Scotty, was ist hier los? Wen verfolgst du?«

»Den Mann aus der Wüste, der uns gekidnappt hat. Constantin, er ist am Café vorbeigegangen, ich hab ihn gesehen! Er ist hier! Der Blassäugige!«

Kapitel 19
Wieder ein Schritt zurück

Scotty

Die Hufe der Pferde klapperten über den Hof und die Kutsche war noch gar nicht richtig zum Stehen gekommen, da sprang Scotty schon hinaus und rannte, dicht gefolgt von Constantin, auf das Schloss zu. Vergessen waren Milchshakes und der Junge vom Hafen, der vielleicht Antworten hatte. Vergessen waren die Geheimnisse und Überlegungen und alle Vorsicht.

»Wo könnten sie sein?«, keuchte Constantin. »Auf ihren Zimmern?«

»Kaminzimmer!« Zum zweiten Mal an diesem Tag rannte Scotty so schnell, wie sie ihre Füße trugen. Dichte Wolken ballten sich über dem Schloss zusammen, der erste Regentropfen traf Scotty noch direkt auf den Hinterkopf, während sie die Stufen zum Eingang hinaufsprinteten. Eins der

Dienstmädchen musste den Geschwistern förmlich aus dem Weg springen, doch die zwei ließen sich nicht beirren. Zu wichtig war es, dass sie ihre Eltern fanden! Doch als sie mit fliegendem Atem und klopfenden Herzen die Tür zum Kaminzimmer aufrissen – fanden sie es leer vor!

»Was?« Constantin lehnte sich gegen den Türrahmen. »Wo sind sie?«

»Vielleicht mit Malcom irgendwo?«

»Mist, der sollte wirklich nicht dabei sein, wenn wir ihnen erzählen, wen du gesehen hast.«

»Vielleicht sind sie doch auf ihren Zimmern, los, komm!«

Sie machten kehrt, doch schon nach wenigen Schritten erwartete sie ein Hindernis in Form eines übel gelaunten Butlers. Scotty kam schlitternd vor ihm zum Stehen und erschauderte unter seinem finsteren Blick. »Dürfte ich erfahren, was es mit dieser Hetzjagd auf sich hat? Dies ist ein ehrwürdiges Anwesen und kein Irrenhaus!«

»Hi, Edward, wissen Sie vielleicht, wo unsere Eltern sind?«, fragte Scotty und presste eine Hand gegen ihre Rippen. Sie hatte Seitenstechen. Rennen war definitiv nicht ihr Lieblingssport!

»Warum?«, verlangte der Butler zu wissen. »Habt ihr etwas angestellt? Etwas zerbrochen?«

»Nein!«, empörte sich Scotty. »Haben wir gar nicht!«

»Was tut ihr überhaupt hier? Wolltet ihr nicht unbedingt einen Ausflug ins Dorf unternehmen? Ich erinnere mich, extra euretwegen mit dem Kutscher gesprochen zu haben.«

Constantin sah demonstrativ zum Fenster, gegen das

laut der Regen klatschte. »Ist nicht so das Wetter für einen Stadtbummel. Wir sind doch keine Fische!«

Edwards Wangen blähten sich auf, als er tief Luft holte – und seine Worte dann doch hinunterschluckte. »Es ist also nichts vorgefallen?«, säuselte er sichtlich bemüht. »Nichts, was ich wissen sollte? Euch ist nichts zugestoßen oder ihr habt etwas Seltsames bemerkt …?«

»Etwas Seltsames?«, echote Scotty unschuldig. »Was denn Seltsames?«

»Nun … etwas Seltsames eben.«

Scotty tauschte einen verstohlenen Blick mit ihrem Bruder. Edward benahm sich gerade mehr als verdächtig!

»Ich meine … wenn etwas wäre … ihr etwas sehen würdet, was ihr euch nicht erklären könntet … ich bin sicher, für alles lässt sich eine Erklärung finden, nicht wahr? Kindergemüter sind ja immer etwas … aufgeschreckt.«

Wenn er mir jetzt den Kopf tätschelt, wird er gleich aufgeschreckt, dachte Scotty und wich einen Schritt zurück. »Also äh … ich habe nichts zu berichten. Wir haben nur unsere Eltern gesucht.«

»Ganz genau«, sprang Constantin ihr bei. »Wir würden dann mal …«

»Sie sind in der Bibliothek«, verkündete Edward, der anscheinend einsah, dass er ihnen keine weitere Information entlocken würde. »Und euer Patenonkel ebenfalls.«

»Oh, super.« Scotty strahlte den Butler an. »Dann tschau, Kakao.«

Edwards gebrülltes »Es wird nicht gerannt!« verklang unter den Schritten der Geschwister. Scotty war fast ein bisschen zum Lachen zumute. Wenn da nicht das Bild des Blassäugigen gewesen wäre, dass sie einfach nicht losließ …

Hals über Kopf und außer Atem platzten die beiden in die Bibliothek und erschreckten ihren Vater so sehr, dass er den Tee in seiner Tasse über sein Hemd schüttete. Zum Glück schien er nicht mehr allzu heiß gewesen zu sein. »Was zum … Kinder!«

»Entschuldige, Dad!«, riefen die Geschwister gleichzeitig, und während Constantin die Tür hinter ihnen verschloss, spähte Scotty um die Bücherregale herum. »Ist noch jemand da?«

Ihre Mutter schüttelte verwundert den Kopf. »Nein, niemand. Was macht ihr denn schon wieder hier? Ich hatte euch vor dem Abendessen nicht zurückerwartet.«

»Ganz sicher?«, fragte Constantin mit gesenkter Stimme und sah sich ebenfalls um.

Dylan erhob sich stirnrunzelnd von seinem Sessel. »Was ist los? Ist etwas vorgefallen?«

»Kann man so sagen«, meinte Scotty. »Leute, wir haben den Blassäugigen gesehen!« Als die Erwachsenen sie nur verdutzt anblinzelten, riss sie die Arme hoch. »Halloho? Gruseliger Typ, helle Augen, hat uns letzten Sommer geschnappt und gefangen gehalten? Klingelt da vielleicht was?«

»Wartet, redet ihr von Ägypten? Diesen Mann habt ihr gesehen?« Nathan beugte sich vor, der Fleck auf seinem Hemd war vergessen. »Wo? Wie hat er reagiert?«

»Er hat uns nicht gesehen. Ich bin ihm nachgerannt,

aber ich habe ihn verloren.« Scotty verzog angesichts dieser Niederlage das Gesicht.

Die Erwachsenen tauschten angespannte Blicke. Dylan wirkte, als würde er am liebsten losstürmen und das ganze Dorf auf den Kopf stellen, um den Fremden aufzuspüren, mit dem sie in der ägyptischen Wüste so aneinandergeraten waren. Es war ein ziemliches Abenteuer gewesen und Scotty wunderte sich noch heute ein bisschen darüber, dass sie alle es heil überstanden hatten. *Danke dafür, Vater*, dachte sie.

»Aber wie kann das sein?«, fragte Evie. »Was sollte er hier tun?«

»Nun, die Polizei in Ägypten würde ihn auf jeden Fall gerne in die Finger bekommen. Soweit ich weiß, ist er dort nie geschnappt worden«, erwiderte Nathan. »Aber das wäre wirklich ein sehr seltsamer Zufall, ihn hier zu treffen.«

»Da ist noch etwas«, platzte es aus Constantin heraus. »Wir glauben, jemand ist hier im Schloss. Jemand außer uns.«

Nathan und Evie tauschten einen Blick, dann nickte Nathan Dylan zu. Keiner von ihnen wirkte wirklich überrascht.

»Wartet mal!«, keuchte Scotty. »Ihr *wusstet* das?«

»Wir hatten die Vermutung auch schon«, antwortete ihre Mutter. »Ich hörte, wie Zola sich darüber beschwerte, dass jemand sich am Kuchen für den Tee bedient hatte. Dann wirkte an einem Tag unser Schlafraum irgendwie seltsam, als hätte dort jemand Sachen aufgehoben und sich bemüht, sie wieder richtig hinzulegen.«

»Und dann das Geigenspiel mitten in der Nacht«, ergänzte Nathan. »Spätestens zu dem Zeitpunkt war klar, dass hier irgendetwas vorgeht. Allerdings lag mein Verdacht auf Edward und liegt er eigentlich noch immer. Er will uns nicht hier haben.«

»Aber zu solchen Mitteln zu greifen ...« Dylan schüttelte den Kopf. Ich weiß nicht. Edward ist nicht einfach, ja, aber ich kenne ihn schon lange. Das passt nicht zu ihm.«

Fiebrige Unruhe waberte im Raum umher und umschwirrte die Köpfe der Blackbirds. Was ging hier nur vor? Womit hatten sie es zu tun? Es gab so viele Puzzleteile, aber keins schien zu dem anderen zu passen ...

»Wir sollten einen Schritt zurückgehen«, schlug Constantin vor. »Das Ganze noch einmal aus der Entfernung betrachten.«

Scotty nickte. »Was würde Esther tun?«

»Wie bitte?«, fragte ihre Mutter verdutzt.

Scotty lief ein bisschen rot an. Sie hatte das eigentlich gar nicht laut sagen wollen. Aber die Geschichte der mutigen jungen Frau aus der Bibel hatte sie so beeindruckt, dass sie sich diese Frage in den letzten Tagen immer mal wieder gestellt hatte. »Na ja«, stotterte sie. »Ich meine ...«

»Ich weiß, was du meinst, das ist eine gute Frage«, sprang Nathan seiner Tochter bei. »Ich denke, Esther hätte sich zurückgezogen und alles durchdacht. Und sie hätte ihre Gedanken vor Gott gebracht.«

»Und ihn sicher um Weisheit bei der Entscheidung gebeten«, stimmte Scotty zu.

»Schön«, meinte Constantin. »Und dann?«

»Das werden wir schon sehen.« Dylan trat auf die Geschwister zu, seine Haltung war jetzt ruhiger. »Hauptsache, wir können uns aufeinander verlassen. Ich habe Malcoms Geschichte überprüft. Er war wirklich in Amerika und hat in einem Indianerreservat gearbeitet. Vielleicht habe ich mich doch in ihm getäuscht.«

»Das glaube ich nicht!«, platzte es aus Scotty heraus. »Es gibt da noch etwas, das wir euch zeigen müssen. Kommt mit in den Schuppen. Aber verhaltet euch unauffällig.«

Gesagt, getan. Wenig später schlichen sie einer nach dem anderen verstohlen zum Gartenschuppen. Constantin hatte den Schlüssel im Hühnerhaus versteckt und kam jetzt mit Gertrude unter dem Arm angelaufen.

»Was willst du denn mit dem Federvieh?«, zischte Scotty. »Soll sie etwa helfen?«

»Die anderen Hühner haben schon wieder auf ihr herumgehackt, ich konnte sie nicht dalassen!«, verteidigte sich Constantin und drückte ihr den Schlüssel in die Hand. Scottys Finger zitterten ein wenig, als sie das Schloss öffnete. Erst jetzt fiel ihr auf, dass zwar der gesamte Schuppen alt und vernachlässigt wirkte, doch das Schloss neu war. *Seltsam*. Sie schlüpfte schnell ins Innere, dicht gefolgt von ihren Eltern.

»Die Koffer sind hier drüben«, erklärte Scotty. »Hier, gleich unter den ...« Sie brach ab. Die Säcke waren fort. Stattdessen standen dort jetzt eine Schubkarre und allerlei Blumentöpfe. Die Koffer waren verschwunden.

»Oh nein!« Scotty war entsetzt. »Das kann nicht sein!«

»Kann es doch«, brummte Constantin finster. »Scotty, sieh mal, der Boden.«

Scotty blickte auf ihre Füße hinunter. Es dauerte einen Moment, bis sie begriff, was ihr Bruder meinte. Die dicke Staubschicht war verschwunden. Der ganze Schuppen war fein säuberlich ausgefegt worden.

»Jemand war hier«, flüsterte Scotty.

Kapitel 20
Eine Falle für die Grinsekatze

Scotty

»Ich hab ein mieses Gefühl dabei.«

»Ich auch. Aber es geht nicht anders. Wir müssen mit ihr reden und uns läuft die Zeit davon!«

Scotty knabberte nervös an ihren Fingernägeln herum. Ihre Haut kribbelte vor Aufregung. Nach der Pleite mit den Koffern hatten Constantin und sie einen gewagten Plan gefasst: Sie wollten die Grinsekatze schnappen!

Der Köder war ein Brief, den sie in einem der Geheimgänge hinterlegt hatten.

Liebe Grinsekatze,
wir wissen, was dein Geheimnis ist, und haben gefunden, was du suchst. Wir verstecken es heute Abend in der Bibliothek.

Liebe Grüße
deine Blackbirds

Als sie später noch einmal nachgesehen hatten, war er verschwunden gewesen. Die Grinsekatze hatte angebissen.

Den ganzen Tag hatten sie damit verbracht, sich ihre fiebrige Aufmerksamkeit nicht anmerken zu lassen und ihren Plan Stück für Stück in die Tat umzusetzen.

Jetzt lauerten sie in der Dunkelheit der Bibliothek. Draußen war der Himmel sternenklar und ein großer runder Vollmond leuchtete durch die Fenster herein.

Scotty nahm ihren Rucksack und stellte ihn vor eins der Regale auf den Boden. Man konnte ihn gut vom Fenster aus sehen, aber dafür nicht das alte Volleyballnetz, das sie im Keller gefunden hatten. Das hing mit einem Seil gesichert über der Stelle, wo der Rucksack stand. Die Falle war bereit.

Jetzt hieß es warten.

Aber Scotty und Constantin waren vorbereitet. Sie hatten Kekse, eine Thermosflasche mit heißem Kakao und ein

Kartenspiel dabei. Zwar durften sie kein Licht anmachen, aber der Mond schien gerade hell genug.

Etwa als die erste Hälfte der Kekspackung aufgegessen war, hörten sie es ... ein Kratzen! Sofort gingen sie in Position und starrten gespannt auf die Tür des Geheimgangs, doch die rührte sich überhaupt nicht. Dafür knarrte es leise. Hinter ihnen!

Scotty schauderte. *Gibt es hier etwa noch einen zweiten Geheimgang? Das kann doch nicht sein!*

Da ertönte wieder ein Geräusch. *Schritte!*

Jemand näherte sich ihrem Versteck, aber von der völlig falschen Seite! Entsetzt blickte Scotty sich um. Sie würden entdeckt werden, ihr Plan war fehlgeschlagen!

Im nächsten Moment tauchte ein Schatten auf, wurde länger und länger und kam den Geschwistern immer näher. Constantin griff nach Scottys Hand und zog sie lautlos in die Höhe.

Wir müssen weg, formten seine Lippen und er zog sie mit sich hinter das nächste Bücherregal.

Mit flatterndem Herzen spähte Scotty an einem dicken Gedichtband vorbei. Sie konnte nicht viel sehen, nur den Schatten auf dem Boden. *Komm schon*, dachte sie. *Nur noch ein Stückchen, zeig dich!*

Doch dann verstummten die Schritte. Die Grinsekatze hatte angehalten. Scotty warf ihrem Bruder einen Blick zu. Was war nur los? Dann traf es sie wie ein Blitz. Ihre Sachen! Sie lagen noch immer dort vorne! Feiner Dampf stieg noch aus dem Becher auf, in den Scotty sich vor vielleicht fünf

Minuten ihren Kakao eingegossen hatte. Wenn die Grinsekatze das sah, wusste sie, dass sie dabei war, in eine Falle zu laufen.

»Wie unhöflich«, hörte Scotty plötzlich jemanden sagen und im nächsten Moment ertönten die Schritte wieder, schneller jetzt.

Sie waren aufgeflogen!

»Los, ihr nach!«, zischte Constantin. »Die Fenster!«

Die Geschwister hechteten nach vorne, umrundeten das Regal und standen im Nu vor der riesigen Fensterfront. Das Fenster links von ihnen stand sperrangelweit offen. Eine Gestalt hockte auf der Fensterbank, etwa so groß wie Constantin und in einen langen blauen Mantel gehüllt, dessen Kapuze sie sich tief ins Gesicht gezogen hatte. Nur ein spöttisches Grinsen lugte darunter hervor. Und im nächsten Moment schwang die Grinsekatze sich geschickt aus dem Fenster und war verschwunden.

Kapitel 21
Schlüsseldienst für Schlossgespenster

Constantin

»Und du bist ganz sicher, dass er hierher gegangen ist?«, fragte Scotty schon zum zweiten Mal und Constantin unterdrückte ein Seufzen. Seine kleine Schwester klang so nörgelnd, dass er am liebsten eine böse Antwort gegeben hätte. Seit dem Fehlschlag mit der Falle für die Grinsekatze war die Stimmung zwischen ihnen richtig angespannt. Aber Streiten würde sie nicht weiterbringen und sie mussten dringend einen Fortschritt machen.

»Ja, ich bin mir sicher«, sagte er mit einer kleinen Verspätung. »Malcom hat sich diese Treppe hinuntergeschlichen und sich dabei ständig umgeschaut. Es war mehr als verdächtig.«

»Vielleicht hat er was zu essen gesucht.«

»Im Keller?« Constantin sah seine Schwester unter hochgezogenen Brauen an. »Was genau soll er denn hier finden wollen? Staubfrikadellen? Spinnwebensuppe?«

»Ich hab keine Ahnung.« Scotty kickte mutlos gegen eine besonders große Staubfluse, die durch den Luftstrom in der Luft herumwirbelte. »Seit zwei Tagen ist einfach gar nichts passiert, wir kommen nicht einen Schritt weiter und ich habe das Gefühl, Mum fängt auch an, an der ganzen Sache zu zweifeln. Ich hab gehört, wie sie zu Zola gesagt hat, dass wir wahrscheinlich nicht mehr lange bleiben werden.« Scotty lehnte sich gegen die Wand des Kellers und verschränkte die Arme. »Ich glaube, dieses Abenteuer haben wir verloooohhh…« Ihr Satz endete in einem erschrockenen Aufschrei.

In dem Moment, als Scotty ihr gesamtes Gewicht an die Wand verlagert hatte, war diese hinter ihr einfach zur Seite aufgeschwungen und Scotty landete unsanft auf ihrem Hinterteil.

Constantin starrte auf seine Schwester hinunter, die ebenso fassungslos zurückstarrte – dann brach er in Gelächter aus. Es polterte einfach so aus ihm heraus und machte seine Knie ganz wackelig. Constantin musste sich mit einer Hand an der hier zum Glück stabilen Wand abstützen und hielt sich den Bauch. »Oh du meine Güte!«, japste er. »Hast du dir wehgetan?«

Mit rotem Kopf rappelte Scotty sich auf und klopfte Dreck von ihrer Kleidung. »Nein, hab ich nicht«, brummte sie. »Was ist das?«

»Sieht aus wie ein Geheimgang.« Constantin kicherte noch immer.

»Was, noch einer? Dieses Schloss ist ja schlimmer durchlöchert als ein Schweizer Käse.«

Bei diesem Vergleich musste Constantin schon wieder lachen. Schwer atmend straffte er schließlich die Schultern und wischte sich eine Träne aus dem Augenwinkel. »Okay, wollen wir?«

»Wollen wir was?«, fragte Scotty und wirkte ein bisschen beleidigt.

»Na, den Gang untersuchen, den du da gefunden hast. Vielleicht hat Malcom ja den gesucht. Oder vielleicht weiß er schon davon und hat dort etwas versteckt.«

Endlich tauchte ein abenteuerlustiges Funkeln in Scottys Augen auf und Constantin grinste zufrieden. Den ganzen Tag schon hingen graue Wolken über dem Schloss und kalter Regen klopfte gegen die Scheiben. Es wurde Zeit, dass etwas Spannendes passierte!

Und so betraten die Geschwister Blackbird einen weiteren Geheimgang. Jedenfalls hatten sie das vor, doch da ertönte hinter ihnen plötzlich ein lautes Maunzen. Constantin zuckte so sehr zusammen, dass seine Zähne klappernd aufeinanderschlugen, und auch Scotty wirbelte erschrocken herum.

»Ach du!«, begrüßte er den schwarzen Kater, der mit zuckender Schwanzspitze hinter ihnen im Keller aufgetaucht war. »Was treibt dich denn hierher?«

Der Kater legte den Kopf schief, hob eine Pfote und schlug in Richtung der Geschwister.

Scotty schnaubte leise. »Und wie übersetzen Sie diese Geste, Herr Katzenflüsterer?«

Constantin ignorierte seine Schwester, hockte sich hin und lockte den Kater zu sich. Es dauerte etwas, aber dann schlich er, ohne Scotty aus den Augen zu lassen, auf ihn zu und ließ sich streicheln. »So ist es gut«, brummte er. »Du kleines Schlossgespenst. Immer tauchst du da auf, wo dich niemand erwartet.« Er tätschelte den schwarzen Kopf. »Wie sieht's aus, begleitest du uns in den Gang? Deine scharfen Augen könnten wir sicher gebrauchen.«

Als hätte der Kater seine Worte verstanden, duckte er sich unter seinen Händen weg und lief zurück in die Mitte des Kellers. Dort ließ er sich auf seinen Hintern fallen und starrte die Geschwister an.

»Ich schätze, er hat keine Lust«, bemerkte Scotty trocken und schaltete ihre Taschenlampe ein. »Dann wohl nur wir beide, Brudi.«

Ächzend richtete Constantin sich auf und nickte.

Scotty betrachtete die Tür. »Sollen wir die zuziehen?«

Constantin untersuchte die Tür, die recht robust wirkte, auch wenn der Zahn der Zeit an ihr genagt hatte. »Ich bin nicht sicher, wie der Mechanismus funktioniert, um sie zu öffnen. Es ist besser, wenn wir sie offen stehen lassen und absichern. Komm, hilf mir mal, Scotty.« Gemeinsam schleiften sie eine schwere Kiste in den Türspalt. »So können wir uns nicht einsperren«, keuchte Constantin und klopfte sich Staub von den Händen. »Okay, dann mal los.«

Sie hatten den dunklen Gang kaum betreten, da huschte

der Kater zwischen ihren Beinen hindurch. Anscheinend hatte er es sich anders überlegt.

Verstärkung kann ja nicht schaden. Constantin schaltete ebenfalls seine Taschenlampe ein und folgte Scotty.

Der Gang war düster und die Luft stickig. Es roch nach kalter, nasser Erde und Constantin sprach sich selbst Mut zu.

»Keine Kreidezeichnungen«, flüsterte Scotty und beleuchtete die Wände. »Scheint so, als wäre die Grinsekatze nie hier gewesen.«

»Schön, dass wir ihr auch mal was voraushaben.«

Scotty kicherte und Constantin fühlte sich gleich etwas besser. Doch dann ... hörte er etwas. Was war das? Constantin hielt inne. Da! Wieder ein Geräusch. Hinter ihnen!

»Scotty«, flüsterte er. »Hörst du das?«

Sie hatte ebenfalls innegehalten und nickte jetzt mit aufgerissenen Augen. »Da ist jemand«, hauchte sie.

Es war ein Scharren. Ein Scharren, als würde etwas Schweres über den Boden geschleift.

Constantin stürzte den Gang zurück, so schnell er konnte. Doch er war nicht schnell genug. Mit einem lauten Knall schlug die Tür des Geheimgangs zu. Constantin prallte gegen das Metall und hieb mit der Faust dagegen. »Hey! Aufmachen! Sofort aufmachen!«

Die Schläge hallten dumpf in dem Gang wider. Doch die Tür blieb verschlossen. Mit den Augen suchte Constantin die Öffnung ab, dann nahm er die Hände zu Hilfe. Doch da war nichts. Sosehr er auch drückte und tastete – die Tür gab keinen Millimeter nach. »Nicht so schlimm«, sagte er mit trockenem Mund, während Angst seinen Rücken hinaufwanderte. »Wir folgen dem Gang. Er muss ja irgendwo hinführen.«

»Und wenn nicht?«, fragte Scotty hinter ihm. »Was glaubst du, wer das war? Malcom? Edward?«

»Oder die Grinsekatze. Vielleicht ist sie sauer, weil wir sie fast geschnappt haben.«

Er sah, wie wenig Scotty diese Idee gefiel.

»Niemand weiß, wo wir sind, Constantin. Es wird dauern, bis sie uns suchen.«

»Aber sie *werden* uns suchen. Und unsere Eltern werden uns finden. Ein Geheimgang hält sie nicht auf. Dylan erst recht nicht, vielleicht kennt er den hier ja auch.«

»Okay. Eine Weile werden wir es hier schon aushalten können.« Scotty klang, als würde sie sich selbst Mut zusprechen wollen.

Constantin holte tief Luft, drehte sich zu seiner Schwester um und nahm ihre Hand. »Einer weiß, wo wir sind, Scotty. Gott weiß es. Er sieht uns und er lässt uns nicht allein. Ich bin ganz sicher, okay?«

»Ja stimmt, du hast recht. Wie ging noch mal der Vers aus unserem Abenteuer in Ägypten? Den wir in der Bibel gefunden hatten?«

»*Ich suchte den Herrn und er antwortete mir; und aus allen meinen Ängsten rettete er mich.*«

Scotty nickte erneut und ließ die Schultern kreisen. »Königin Esther hätte sicher keine Angst.«

»In einem dunklen Gang eingesperrt zu sein? Sie hätte sogar ganz sicher Angst. Aber aufgeben würde sie nicht. Und das werden wir auch nicht. Los, komm.«

Hand in Hand liefen die Geschwister den Gang entlang und hielten einander ganz fest. Es war schwierig, in der Dunkelheit die Orientierung zu behalten. Es schien, als würde der Gang schnurgeradeaus führen, doch das konnte auch ein Irrtum sein.

»Wo ist eigentlich der Kater?«, wunderte sich Scotty irgendwann.

»Bestimmt schon am Ausgang«, vermutete Constantin. Da traf der Schein ihrer Taschenlampen plötzlich auf ein Hindernis. *Oh nein*, dachte Constantin und stockte. Genau vor ihnen war die Decke heruntergekommen und der Tunnel war durch einen riesigen Erdhaufen versperrt. Constantin biss die Zähne zusammen. *Warum, Vater?*, dachte er. *Wir können hier nicht durch, was sollen wir denn jetzt tun?*

»Constantin, schau doch«, raunte Scotty. »Da oben!«

Er ließ den Schein seiner Taschenlampe zur Decke wandern. Und dort blitzte plötzlich ein Paar Katzenaugen und ein wohlbekanntes Maunzen erklang.

»Da ist ein Spalt, oben in der Ecke. Ein Balken scheint sich dort verkeilt zu haben und hält die Erde zurück.« Scotty stopfte sich ihre Taschenlampe unter den Arm und machte Anstalten, den Erdhaufen hinaufzuklettern.

Hastig stützte Constantin ihren Fuß. »Was siehst du?«

»Für uns ist der Spalt zu klein, aber die Erde ist locker«, rief Scotty hinunter. »Ich denke, ich könnte ...« Im nächsten Moment traf Constantin ein Schwall Erde mitten ins Gesicht. Prustend wandte er sich zur Seite.

»Sorry!«, meinte Scotty zerknirscht. »Geh besser ein Stück zurück, ich kann mich hier auch alleine halten, es ist ja nicht sehr hoch. Und nimm meine Taschenlampe!«

Gesagt, getan. Mit beiden Händen schaufelte Scotty Erde zur Seite und vergrößerte das Loch unterhalb des Balkens. Constantin behielt alles im Auge, bereit, seine Schwester zu warnen, sollte es zu einem weiteren Erdrutsch kommen. Doch alles blieb still.

Danke, Vater!

»Okay, ich denke, hier kommen wir durch«, verkündete Scotty. »Gib mir meine Lampe, dann gehe ich vor.«

Es behagte Constantin ganz und gar nicht, auf dem Bauch durch diesen Spalt zu kriechen. Holz schabte über seinen Rücken und wäre er ohne das Licht von Scottys Taschenlampe vor ihm, hätte er sich sicher nicht überwinden können. Doch nach nur wenigen Sekunden, die sich schrecklich lang anfühlten, gelangte er auf die andere Seite des Erdhaufens und rutschte zu Boden. Scotty war bereits dabei, die Umgebung auszuspähen, zu ihren Füßen saß der schwarze Kater.

»Alles gut?« Scotty sah ihn aufmerksam an, während er sich notdürftig die Erde abklopfte und dann nickte.

»Gehen wir weiter. Hoffentlich ist der Rest des Ganges stabil.«

Wie sich herausstellte, war er das. Die Geschwister erlebten keine weitere Überraschung und bald bemerkten sie einen frischen Luftzug, der ihnen entgegenströmte. Voller Hoffnung beschleunigten sie ihre Schritte, bis sie das Prasseln des Regens hören konnten.

»Ein Ausgang!«, jauchzte Scotty. »Wir kommen frei!«

Doch der Ausgang entpuppte sich als schwere Eisengittertür. Constantin drückte die Klinke. »Verschlossen.« Seine Schultern sackten herab. »So ein Mist!«

»Wo sind wir wohl?«, fragte Scotty.

Viel war nicht zu sehen, vor dem Gitter wuchs ein riesiger Busch, man konnte nur durch eine kleine Lücke in den Zweigen schauen.

»Ich glaube, wir sind außerhalb des Schlosses«, sagte Constantin. »Das ergibt auch Sinn. Eine Art Fluchttunnel, falls es evakuiert werden muss. Sicher ist er uralt.«

»Und das Schloss vermutlich auch«, seufzte Scotty und beleuchtete das schmiedeeiserne Gitter. »Wir können Lichtzeichen mit den Taschenlampen geben. Vielleicht sieht das jemand.«

»Eine tolle Idee!« Constantin nickte. »Durch die Wolken ist es relativ dunkel und der Strahl weithin sichtbar.«

Abwechselnd sandten die Geschwister ihre Lichtzeichen in den düsteren Nachmittag hinaus, während um sie he-rum der Regen zu Boden platschte. »Warte mal ... wo ist der Kater eigentlich schon wieder?«, fragte Constantin irgendwann.

Scotty schaute verwundert zu Boden, dann hinter sich. »Vielleicht versucht er sein Glück noch mal an der Kellertür«, meinte sie. »Sollten wir das auch tun?«

Constantin war unentschlossen. »Vielleicht ist die Chance größer, dass uns dort jemand hört. Auf der anderen Seite …« Das ungute Gefühl in seinem Bauch ließ ihn nicht weitersprechen.

»Auf der anderen Seite wissen wir nicht, wer die Tür öffnen wird«, beendete Scotty seinen Satz mit einem düsteren Unterton. »Ja, schon klar.« Einen Moment später zupfte sie an seinem Arm und wies nach draußen. Ein Schatten huschte blitzschnell heran und im nächsten Moment zwängte sich ein vertrauter, tropfnasser schwarzer Kater durch die Gitterstäbe und schüttelte sich.

»Du nun wieder.« Constantin streichelte den kleinen Kopf. »Hast du zufällig Hilfe mitgebracht? Oder den Schlüsseldienst gerufen?«

»Constantin«, wisperte Scotty. »Da kommt jemand! Hey, hallo!« Scotty begann, mit ihrer Taschenlampe zu winken. »Hier herüber!«

Constantin tat es ihr gleich. Vergessen war die Angst, wer sie wohl finden würde. Er wollte nur raus aus diesem Gang und rein ins Warme. »Hier sind wir! Wir brauchen Hilfe!«

Ein dunkler Umriss unter einem pinkfarbenen Regenschirm näherte sich. Die Gestalt war eher klein und zierlich, also konnte es auf keinen Fall Edward oder Malcom sein. Geschickt bahnte sie sich ihren Weg durch die ausladenden Zweige des Busches und spähte durch die Gitterstäbe. Sobald ihr Gesicht ins Licht kam, klappte den Geschwistern synchron die Kinnlade herunter. »Da brat mir doch einer einen Storch«, ächzte Scotty.

»Na, sieh mal einer an, die Blackbirds«, sagte das Mädchen von den Fotos aus Malcoms Jackentasche mit schief gelegtem Kopf. »Da steckt ihr wohl ziemlich in der Patsche, was?«

Kapitel 22
Keine Rettungsmission im Ballkleid

Scotty

Das Mädchen von den Fotos war Alice. Die Alice, von denen Zola ihnen erzählt hatte. Auch bekannt als die Grinsekatze. Sie war vierzehn Jahre alt und stammte aus Inverness. Und sie war wirklich gut im Schlösserknacken. Mit geschürzten Lippen und gerunzelter Stirn machte sie sich an dem Schloss der Gittertür zu schaffen. Scotty hielt derweil ihren Schirm, das war ja auch irgendwie das Mindeste, fand sie. Der Kater saß irgendwo zu ihren Füßen und putzte sich das schwarze Fell.

»Wie heißt er eigentlich?«, platzte es aus Scotty heraus.

Alice sah kurz auf. »Wer?«

»Der Kater.«

»Oh, das ist Kapitän John Long Silver. Aber Silver reicht als Rufname.«

Scotty guckte verdutzt. »Du meinst, nach dem Piraten in *Die Schatzinsel?*«

»Ja, ganz genau. Soweit ich weiß, fehlte dem auch ein Bein. Das fand ich passend.« Alice widmete sich wieder dem Schloss, das wenige Sekunden später ein erfreuliches Klicken hören ließ. »Ha!« Sie reckte triumphierend eine Faust in die Luft und öffnete dann mit großer Geste das Tor. »Die Herrschaften.«

»Vielen Dank!«, stieß Scotty hervor und konnte sich nur mühsam davon abhalten, dem anderen Mädchen um den Hals zu fallen. »Ohne dich wären wir wirklich in Schwierigkeiten gewesen, nicht wahr, Constantin?« Als ihr Bruder schwieg, drehte Scotty sich verwundert um. »Constantin?«

Doch ihr großer Bruder sah weiterhin unverwandt Alice an. Seine Miene war der Inbegriff von Nachdenklichkeit. Es schien, als wäre er vollkommen darauf konzentriert, ein kniffeliges Rätsel in seinem Kopf zu lösen. Gerade als Scotty ihn anstupsen wollte, um ihn aus seiner Starre zu reißen, machte Constantin den Mund auf: »Du bist das Mädchen vom Ball.«

»Und du der Junge vom Ball.« Alice grinste. »Siehst ganz anders aus ohne Hemd und Sakko.«

»Was du nicht sagst. Du trägst ja auch nicht gerade ein Ballkleid.«

»Darin kann ich so schlecht Rettungsmissionen durchführen.«

Scotty sah ein bisschen verwundert zwischen den beiden hin und her, ehe bei ihr der Groschen fiel. »Du bist das Mädchen vom Ball? Die, die plötzlich verschwunden war?«

Alice sank in einen formvollendeten Knicks. »Sehr erfreut.«

»Warst du es auch, die Malcom belauscht hat?«

Alice nickte. Ihr Blick wurde plötzlich wachsam. »Genauso wie ihr.«

»Warum?«, fragte Constantin scharf. »Was willst du von ihm?«

»Was wollt *ihr* denn von ihm?«, gab Alice störrisch zurück. »Was macht ihr überhaupt hier im Schloss?«

»Wir sind hier, weil Lady Fiona uns eingeladen hat.«

»Ach, ist das so? Und kannst du das auch beweisen?«

»Warum sollte ich? Was hast *du* denn hier verloren?«

»Hey, hört auf!« Scotty trat mit ausgebreiteten Armen zwischen die beiden Streithähne. »Wollen wir uns vielleicht irgendwo unterhalten, wo es ein bisschen gemütlicher ist?«

Die beiden starrten einander noch einige Augenblicke lang herausfordernd an, dann nickten sie zögerlich.

»Von mir aus«, meinte Constantin. »Wollen wir uns irgendwo treffen? Du könntest durch den Geheimgang in unsere Zimmer kommen.«

»Werft ihr dann euer Volleyballnetz auf mich?«

»Vielleicht«, gab Constantin spitz zurück und ächzte auf, als Scotty ihm einen Hieb in die Seite verpasste. »Heute nicht«, korrigierte sie ihren Bruder. »Alice, das mit dem Volleyballnetz tut mir leid. Wir wussten uns nicht wirklich zu helfen und mussten unbedingt mit dir reden.«

»Schon okay, ich hätte es vermutlich genauso gemacht«, lenkte Alice ein. »Wir sollten vielleicht wirklich reden. Aber erst mal müsst ihr zurück ins Schloss, bevor noch eine Suchmannschaft alles auf den Kopf stellt und womöglich Dinge findet, die sie nicht finden soll. Klopft euch die Erde ab und dann gehen wir.«

Schweigend eilten sie durch den Nieselregen und schlüpften durch einen alten Seiteneingang in den Innenhof von Carraig Castle. Alice versteckte den riesigen rostigen Schlüssel, mit dem sie den Eingang aufgeschlossen hatte, in ihrer Latzhose. »Hab ich Edward schon vor Wochen geklaut«, bemerkte sie. »Scheint ihm noch nicht aufgefallen zu sein.«

»Also hierdurch schleichst du dich immer ins Schloss?«, fragte Scotty. »Und dann?«

»Es gibt viele Wege. Den Dienstboteneingang oder durch die Küche. Oder ich klettere dort am Rosenspalier hoch. Über das Vordach kommt man an einige Fenster.«

»Zum Beispiel das der Bibliothek.«

Alice grinste schon wieder und offenbarte einen Schneidezahn, der ein kleines bisschen schief stand. »Ja, zum Beispiel die Bibliothek. Wenn man erst mal drin ist, ist es relativ einfach, sofern man die Geheimgänge kennt.« Sie spähte um eine Ecke. »Probieren wir es durch den Dienstboteneingang? Sieht aus, als wäre die Luft rein. Im Flur dahinter ist eine versteckte Treppe, dort gelangt man in die Geheimgänge.«

»Wir schleichen uns in unsere Zimmer und tun dann

ganz unschuldig.« Scotty gab Constantin ein High Five. »Und dann finden wir heraus, wer uns eingesperrt hat.«

Lautlos schlüpften die Geschwister in Begleitung der Grinsekatze und des Katers Silver durch den Dienstboteneingang von Carraig Castle und Alice zeigte ihnen den Eingang zu den Geheimgängen. Sie versprach, sich nach dem Abendessen mit den Geschwistern zu treffen, dann verschwand sie.

Scotty und Constantin eilten in ihre Zimmer. Scotty schlüpfte in saubere Klamotten und zog gleich zwei Paar Socken über. Oh, das tat vielleicht gut, nach dem doch eher kalten und zugigen Abenteuer.

Da inzwischen ohnehin Zeit fürs Abendessen war, klopfte sie an Constantins Tür und die zwei machten sich zügig auf den Weg zum Speisesaal.

Schon auf der Treppe waren laute Stimmen zu hören. »Was wollen Sie damit sagen? Spielen Sie etwa auf meine Kinder an?«

»Das ist Mum«, flüsterte Scotty. »Oh, sie klingt sauer.«

»Ich äußere lediglich meine Besorgnis, gnädige Frau.«

»Ich bin keine gnädige Frau, ich werde sogar *sehr* ungnädig, wenn Sie jetzt nicht bald mit der Sprache rausrücken, Edward. Wo sind meine Kinder?«

»Nun, das weiß ich nicht. Seit einigen Stunden hat sie niemand mehr gesehen. Keiner weiß, wo sie stecken.«

»Ach du meine Güte«, kam es von Malcom. »Den armen Kleinen wird doch nichts zugestoßen sein?«

»Das glaube ich nicht«, ertönte Dylans Stimme und er

klang durch und durch gelassen. »Die zwei können hervorragend auf sich aufpassen.«

Scotty zwinkerte ihrem Bruder zu und dann betraten sie unbekümmert den Speisesaal. Edwards Gesicht war Gold wert. Schock, Entsetzen und grenzenlose Verwirrung wechselten sich darauf ab. Allerdings nur für einen Moment, dann hatte der Butler sich wieder völlig unter Kontrolle.

»Guten Abend«, grüßte Constantin höflich. »Tut uns leid, sind wir zu spät?«

»Genau rechtzeitig«, rief Zola, die in diesem Moment hereinwuselte und beinahe mit Edward zusammenstieß. »Huch! Das Essen ist gerade fertig geworden.«

»Wunderbar. Ich habe einen Bärenhunger.« Scotty rieb sich den Bauch und warf Edward, der immer noch wie angewurzelt dastand, einen schelmischen Blick zu. »Nanu, Edward, geht es Ihnen nicht gut? Sie schauen ja, als hätten Sie ein Gespenst gesehen.«

»Sie stehen auch ein bisschen schief«, setzte Constantin noch einen drauf. »Haben Sie sich vielleicht verhoben? An etwas wirklich Schwerem?«

Der Butler starrte sie beide an und pure, hilflose Wut loderte in seinen Augen. Scotty war sich ganz sicher – er hatte sie im Keller eingesperrt! *Oh, dieser Fiesling! Was hat er nur damit bezwecken wollen? Will er uns Angst machen?*

Abrupt wandte Edward sich ab und machte eine leichte Verbeugung in Malcoms Richtung. »Wenn Sie mich dann nicht mehr benötigen, Eure Lordschaft …«

»Oh nein, Edward, gehen Sie nur, gehen Sie.« Malcom wedelte hoheitsvoll mit einer Hand herum, die heute in einem seltsamen grünen Handschuh steckte. »Ruhen Sie sich aus, dann geht es Ihnen morgen sicher schon besser. Und nun zu Tisch, meine Lieben!«

Rasch nahmen die Geschwister ihre Plätze ein, Scotty rutschte neben Dylan auf ihren Stuhl.

»Was war das denn eben?«, raunte ihr Patenonkel ihr verstohlen zu.

Scotty zwinkerte nur und setzte eine verschwörerische Miene auf. Dylan versteckte sein Grinsen hinter seiner Serviette und Scotty griff nach der Apfelschorle. Sie war gespannt, wie sich der Abend noch entwickeln würde.

Kapitel 23

Mein Geheimnis gegen dein Geheimnis

Scotty

Das Abendessen schien endlos zu dauern, doch irgendwann gelang es den Geschwistern endlich, dem reich gedeckten Tisch zu entkommen. Scotty war es sogar gelungen, etwas vom Nachtisch zu stibitzen, einem köstlich duftenden Schokokuchen. In ihrer Hosentasche war er etwas zerdrückt worden, aber das änderte ja zum Glück nichts am Geschmack.

Mit klopfendem Herzen saß sie auf ihrem Bett und wartete. Sie hatten mit Alice verabredet, sich bei Scotty zu treffen, aber bisher war nur Constantin aus der geheimen Tür im Kleiderschrank geklettert. Erstaunt lächelnd hatte sie die zusammengeknotete Serviette in seiner Hand bemerkt.

Offensichtlich hatte nicht nur Scotty beim Abendessen etwas mitgehen lassen.

Schließlich, als die Geschwister schon ungeduldig wurden, ertönte endlich ein leises Klopfen aus dem Schrank. Im nächsten Moment kam Silver, der Kater, schon zwischen Scottys Klamotten hervorspaziert, streckte sich genüsslich und sprang dann auf Constantins Schoß. Der legte eine Hand auf den Rücken des Tiers und streichelte es behutsam.

»Na, da haben sich ja zwei gefunden.« Alice kletterte mit einem Ächzen aus dem Schrank und warf die langen blonden Haare über die Schulter zurück. »Hi noch mal.«

»Hi«, sagte Scotty und musterte die Grinsekatze neugierig. Alice hatte sich umgezogen und trug jetzt einen großen Wollpullover, der ihr deutlich zu groß war, aber kuschelig aussah.

»Fertig mit Starren?«, meinte Alice amüsiert.

Scotty blinzelte. »Äh, sorry, ja. Hier, ich hab dir was vom Abendessen mitgebracht. Zola hat Schokokuchen gemacht.«

Ehrliche Freude glitzerte in Alice' Augen, als sie die Serviette entgegennahm und genüsslich die Nase hineinsteckte. »Mhmm, Zolas Schokokuchen ist der beste!«

»Ich habe dir auch was eingesteckt«, brummte Constantin und reichte seine Beute weiter. »Wusste nicht, ob du auch so an Abendessen kommst.«

»Wirklich nett von euch.« Alice ließ sich im Schneidersitz auf dem dicken Teppich nieder und breitete ihre Schätze aus. Silver wollte sich ebenfalls etwas Kuchen schnappen, doch Constantin hielt ihn fest.

Scotty bemerkte, dass Alice für einen Moment die Hände zusammenlegte und den Kopf senkte, dann erst schnappte sie sich das Kuchenstück.

»Ist es hier sicher?«, fragte sie mit vollem Mund.

Scotty nickte. »Ich habe die Tür abgeschlossen. Uns wird keiner stören.«

»Sehr gut. Dann sollten wir wohl ein paar Geheimnisse austauschen.«

»Wartet, wir sind noch nicht vollständig!« Scotty zog ihr Handy hervor und wählte eine Nummer. Ihr entging nicht, wie Alice zusammenzuckte. »Nur meine Freundin Vi«, beruhigte Scotty sie schnell.

»Ich bin ihre *allerbeste* Freundin!«, rief Vi empört und grinste dann breit. »Hallöchen, mysteriöse Grinsekatze. Du bist kleiner, als ich dachte.«

»Und das von jemandem auf einem Handybildschirm.«

»Touché.« Vi hielt einen Daumen hoch. »Ich denke, ich mag sie.«

Constantin schnaubte leise und Alice sah ihn mit hochgezogenen Brauen an, aber zum Glück gerieten die zwei nicht gleich wieder in Streit.

»Also«, sagte Scotty, »ich glaube, ich fange dann mal an.« So kurz wie möglich fasste sie zusammen, warum sie auf Carraig Castle waren und was sie bisher erlebt hatten. Constantin warf immer mal wieder einen Satz ein und ergänzte ihre Erzählung. Als sie fertig waren, hatte Alice alles

Essen verputzt und Silver war auf Constantins Schoß eingeschlafen.

Nachdenkliche Stille füllte den Raum, selbst Vi blieb still, bis Alice sich räusperte. »Ihr sagt, da waren Fotos von mir?«

»Ja, wie von einem Privatdetektiv oder so was«, meinte Constantin. »Irgendjemand hat dich beobachtet.«

»Dann habe ich mir das Gefühl wenigstens nicht eingebildet.«

»Aber wer könnte es gewesen sein?«

»Aufgefallen ist mir niemand, aber Malcom und Edward haben mich nie wirklich aus den Augen gelassen. Als hätten sie nur darauf gewartet, dass ich die silbernen Löffel stehle oder sonst etwas.«

»Aber wie kommst du überhaupt hierher?«, fragte Constantin und stellte die Frage, die auch Scotty auf dem Herzen brannte. »Zola hat erwähnt, dass du hier im Schloss warst. Und du hast zu mir auf dem Ball gesagt, dass du die Gräfin aus einem Buchladen kennst. Aber *wer bist du?*«

Alice wischte sich langsam ein bisschen Schokolade aus dem Mundwinkel, setzte sich aufrecht hin und schloss für einen kurzen Moment die Augen. Und dann begann sie mit ihrer Geschichte: »Mein Name ist Alice Murry. Zusammen mit meiner Mutter Madelaine lebe ich wie gesagt in Inverness. Mehr Familie habe ich leider nicht, aber meine Mum ist großartig. Allerdings hat sie schon immer abgeblockt, wenn ich Dinge zu ihrer Kindheit, ihren Eltern oder meinem Vater gefragt habe. Eines Tages fand ich auf unserem

Dachboden beim Herumstöbern eine Kiste mit Briefen. Diese Briefe stammten alle von ein und derselben Person.«

»Lady Fiona«, riet Scotty und eine Gänsehaut lief ihr über den Rücken, als Alice nickte.

»Aber warum?«, fragte Constantin. »Woher kennt sie deine Mutter?«

»Ich glaube, die Gräfin ist meine Großmutter.«

»Wie bitte?!«

»Meine Mutter hat nie über meine Familie gesprochen und meinen Vater kenne ich nicht. Nur einmal hat meine Mutter mir erzählt, dass es einen schlimmen Streit zwischen ihr und ihrer Mutter gab. Ich glaube, vielleicht wegen meines Vaters aber sie sagt es mir nicht. Vielleicht war meine Großmutter mit ihm nicht einverstanden oder so etwas. Ich weiß nur, dass meine Mutter geschworen hat, nicht mehr nach Hause zurückzukehren. Sie hat alle Brücken hinter sich abgebrochen und ihrer Mutter nie von mir erzählt.«

Was für eine Nachricht! Aber … »Das ergibt so viel Sinn«, raunte Scotty beinahe ehrfürchtig. »Wow.«

»Aber halt«, ließ sich Vi vom Handy aus vernehmen. »Also bist du ins Schloss gekommen, um … um was zu tun? Und weiß deine Mutter davon?«

Alice wurde ein bisschen rot. »Nicht … wirklich.«

»Klingt für mich wie ein Nein«, stellte Constantin trocken fest. »Du bist also ausgebüxt?«

»Eigentlich denkt sie, ich wäre in einem Pfadfinder-Feriencamp. Und davor, na ja … davor habe ich eine Grippe vorgetäuscht, eine Entschuldigung gefälscht und die Schule geschwänzt. Mum ist nicht zu Hause. Sie ist für die Arbeit längere Zeit unterwegs und wird erst in ein paar Wochen zurückkommen. Bis zum Camp sollte ein Kindermädchen auf mich aufpassen, aber ich habe sie angerufen und behauptet, dass die Stelle doch an wen anders vergeben sei. Sie hat mir geglaubt, das ging wirklich leichter als gedacht.«

Scotty schnappte empört nach Luft. »Aber das ist ... gefährlich und ... und ...«

»Ja, so ganz in Ordnung ist es sicher nicht«, räumte Alice ein, deren Gesicht inzwischen die Farbe einer reifen Tomate angenommen hatte. »Ich werde mich entschuldigen, versprochen. Aber die Klausuren und Hausarbeiten waren eh durch und ... na ja ... Schule ist allgemein nicht so mein Ding.«

Vi kicherte aus dem Telefon und Scotty hätte ihr gerne den Mund zugehalten. Das war absolut nicht lustig! Wenn Alice etwas zugestoßen wäre, wäre das niemandem aufgefallen.

»Also ... du hast all das in die Wege geleitet und dann bist du hergekommen und hast ... einfach am Tor geklingelt?«

»Ach i wo, als hätte Edward mich reingelassen! Nein, tatsächlich bin ich in der Stadt auf die Lady getroffen. In einer Buchhandlung. Ich sah, wie sie hineinging, und bin ihr ... gefolgt. Die Bäckerin, bei der ich mir gerade einen Scone gekauft hatte, hat mir gesagt, wer sie ist. Ich wollte sie einfach von Nahem sehen, versteht ihr?«

»Und dann hat sie dich erkannt?«

»Nein, überhaupt nicht, aber sie war sehr freundlich und wir haben uns ein bisschen über Bücher unterhalten. Dann ist sie weitergegangen. Ich wusste nicht, was ich tun sollte, da hörte ich plötzlich einen Schrei. Jemand hatte ihr die Handtasche gestohlen. Ich bin dem Kerl nach und habe sie ihr zurückgebracht. Sie war so dankbar, dass sie mich zum Tee eingeladen hat. Und schon war ich in Carraig Castle.«

»Das ist so wild, das kann sich wirklich niemand ausdenken«, kam es von Vi. »Und von da an habt ihr euch angefreundet?«

»Sozusagen, ja. Wir haben uns wirklich gut unterhalten und sie hat mich immer wieder eingeladen. Sie war nett. Wirklich nett.«

»Und sie hat dich hier wohnen lassen?«, übernahm Scotty die nächste Frage. »Was dachte sie denn, wer du bist und wo du herkommst?«

»Ich habe ihr gesagt, ich würde Verwandte besuchen. Das war ja immerhin nicht ganz falsch. Ich sagte, dass die viel unterwegs seien und ich einsam sei, dann durfte ich immer öfter hier übernachten.«

»Gelogen ist es trotzdem«, brummte Constantin. »Und Lügen ist nicht okay, sagt Gott.«

»Ja, ich weiß, das hat Lady Fiona mir auch gesagt.« Alice senkte den Kopf. »Ich glaube, sie hat mich irgendwann durchschaut, hat aber nur behutsam nachgefragt, wo denn meine Eltern seien und ob mich auch niemand vermisse. Sie ist ziemlich schlau, müsst ihr wissen.«

»Okay, also das erklärt, wie du herkommst und warum du dich so gut auskennst«, fasste Scotty zusammen. »Hat sie dir von den Geheimgängen erzählt?«

»Genau, sie hat mir den in der Bibliothek gezeigt. Sie liebt die Gänge, fühlt sich aber nicht mehr jung genug, um selbst darin herumzustreifen.«

»Und Malcom? Traf er ein, während du hier warst?«

»Ein paar Tage eher, glaube ich. Ein seltsamer Vogel. Und wie er mich immer angestarrt hat, fast ein bisschen ... verwirrt? Als könnte er sich nicht erklären, was ich im Schloss zu suchen habe. Außerdem hat er ständig versucht, mich auszufragen, und meinte irgendwann, kleine Mädchen sollten nicht so lange von zu Hause fort sein und ob meine Eltern mich denn nicht vermissen würden.« Alice schüttelte sich. »Ich mag ihn nicht.«

»Kann ich verstehen.« Scotty verzog das Gesicht und wandte sich dann dem Thema zu, das ihr schon die ganze Zeit unter den Nägeln brannte: »Was ist also mit dem Verschwinden der Gräfin? Malcom sagt, sie sei verreist, aber Dylan glaubt das nicht.«

»Das liegt daran, dass das eine gemeine Lüge ist!«, stieß Alice heftig hervor. »Sie hätte mich nicht zurückgelassen, so ganz ohne ein Wort. Niemals. Das glaube ich einfach nicht. Ich war in der Stadt, um ein bisschen zu bummeln, weil mir Edward so auf die Nerven ging. Und als ich zurückkam, war die Lady fort und Edward teilte mir mit, ich sei nicht länger erwünscht. Er hat mich einfach rausgeworfen!«

»Moment mal!« Scotty versuchte, ihre Gedanken zu sortieren. »Aber du hast doch einen Abschiedsbrief hinterlassen. Das hat Zola uns erzählt.«

»Wie bitte?« Alice machte große Augen. »Nein, das habe ich ganz sicher nicht. Was für einen Brief? Was stand drin?«

»Das weiß ich auch nicht so genau. Zola hat ihn nur erwähnt.«

»Und vertraut ihr ihr?«, fragte Alice. »Ich meine ... Sie war immer nett zu mir, aber trotzdem. Ich hatte überlegt, zu ihr zu gehen, nachdem Edward mich rausgeworfen hat, habe mich dann aber doch nicht getraut.«

»Hättest du bestimmt tun können«, warf Constantin ein. »Er hat dich also einfach auf die Straße gesetzt?«

»Wollte er, aber ich hab mich ins Schloss geschlichen. Es ist so riesig, hier kann man wunderbar unbemerkt umherschleichen. Jedenfalls bis ihr aufgetaucht seid.«

Vi kicherte vom Telefon. »Und hast du was herausgefunden?«

»Ich war in Lady Fionas Zimmer, einige ihrer Sachen waren weg, es machte schon den Eindruck, als hätte sie gepackt, aber ihre Bibel lag immer noch auf ihrem Nachttisch. Niemals wäre sie ohne die gegangen. Und auch das Medaillon war noch dort, mit dem Bild ihres verstorbenen Ehemannes. Sie legt es nur zum Schlafen ab und jetzt soll sie verreisen ohne diese Dinge? Niemals! Das ergibt einfach überhaupt keinen Sinn! Und dann habe ich die Koffer im Schuppen gefunden, beinahe, als hätte jemand nur den Eindruck erwecken wollen, die Lady hätte gepackt, und die

Koffer dann dort versteckt.« Sie rieb mit den Händen über ihr Gesicht und warf die Haare zurück. »Ich habe keine Beweise und es macht mich wirklich verrückt, dass mir niemand glauben will. Aber irgendetwas ist der Lady zugestoßen und ich glaube, es ist etwas Schlimmes.«

Die Geschwister tauschten einen langen Blick. Sie sprachen wortlos miteinander, wie nur Geschwister und enge Vertraute es können.

Dann nickte Constantin. »Wir glauben dir.«

»Ich weiß, es ist ... warte, was?« Alice hielt mitten im Laufen inne, ihr Fuß schwebte sogar noch über dem Boden. »Im Ernst?«

»Jep.« Scotty streckte einen Daumen hoch. »Auf jeden Fall.«

»Aber ihr ... einfach so?«

»Nicht einfach so, du vergisst, dass wir jetzt auch schon ein paar Tage auf Carraig Castle sind und einiges Seltsames beobachtet haben. Deine Geschichte ist nicht nur ein Puzzlestück, es ist vielleicht sogar der ganze Rahmen. Oder zumindest die Hälfte. Wir glauben dir.«

»Ich ...« Mit einem Mal wirkte Alice auf dem altehrwürdigen Teppich reichlich verloren. »Ich dachte nicht ... ich wusste nicht ...«

Scotty hielt es nicht länger auf dem Bett aus. Sie rutschte hinunter, machte einen großen Schritt auf Alice zu und breitete vorsichtig die Arme aus. »Darf ich?«

Alice nickte kaum merklich und Scotty schlang fest die Arme um das andere Mädchen.

»Äh, ich glaube dir übrigens auch«, meldete sich Vi vom Bett aus. »Falls das irgendwen interessiert. Aber jay, Gruppenknuddeln und Bündnisse, gemeinsam werden wir das Rätsel schon lösen! Ich schicke euch in die Welt, meine Agenten, damit ihr sie retten könnt.«

»Redet die immer so viel?«, flüsterte Alice.

»Ja«, kommentierte Constantin völlig ungerührt. »Und ich hätte da noch eine Frage, jetzt, wo wir gerade alle ehrlich zueinander sind: Warst du die nächtliche Geigerin?«

Alice wurde augenblicklich wieder rot. »Ich ... äh, ich wollte Malcom nervös machen. Ihn aus ... seinem Versteck treiben oder so. Ich fand eigentlich, es war ganz cool.«

»War es auch, du hast auf jeden Fall Eindruck hinterlassen«, kicherte Scotty und hüpfte wieder auf ihr Bett. »Also bei allem, was wir jetzt wissen, bleibt immer noch ein großes Thema offen: Wer ist Malcom und was will er?«

»Ich denke, er sucht etwas«, erklärte Alice und ließ sich erneut im Schneidersitz auf dem Boden nieder.

»Ach ja? Was denn?«

»Das Testament der Gräfin.«

»Ihr Testament?«, wiederholte Constantin ungläubig. »Aber ... sie ist nicht tot.«

»Ich weiß. Aber ich habe ein Telefonat belauscht. Ich bin mir ganz sicher, dass er Testament gesagt hat. Er sucht es. Ich habe schon öfter beobachtet, wie er durch das Schloss streift. Und er hat Fionas Schreibtisch durchsucht.«

»Hm.« Scotty tippte ihrem Bruder auf die Schulter. »Denkst du, was ich denke?«

»Er hat mit jemandem telefoniert. Und sich mit jemandem im Garten getroffen. Er arbeitet nicht allein.«

»Oh!« Scotty schnappte nach Luft. Der Gedanke, der ihr eben in den Kopf schoss, war zu ungeheuerlich. »Denkst du …?«

»Ich weiß nicht. Möglich wäre es.«

»Aber … aber *wieso*? Und *wie*? Und überhaupt, ich denke nicht, dass …«

»Ähm.« Alice angelte sich das Handy. »Haben sie dich auch abgehängt, Vi?«

»Irgendwie schon, halt mich mal hoch. Ja, so, danke. Hey, ihr Blackbirds, könnt ihr uns mal aufklären?«, forderte Vi. »Irgendwas verschweigt ihr uns doch.«

»Oh richtig, Vi, das habe ich dir noch gar nicht erzählt«, sagte Scotty. »Wir haben jemanden getroffen, als wir in der Stadt waren. Also nicht richtig getroffen, er ging vorbei und wir haben ihn bemerkt.«

»Eigentlich nur du«, warf Constantin ein. »Ich hab ihn nicht gesehen.«

»Äh, und von wem reden wir bitte hier gerade, vom Weihnachtsmann, oder was? Drückt euch doch mal klarer aus!«

»Der Blassäugige!«, rief Scotty. »Ich habe den Blassäugigen gesehen.«

Vi sperrte vor Überraschung den Mund zu einem großen *Oh* auf. »Soraya Blackbird, das ist doch wohl nicht dein Ernst! Warum hast du mich nicht sofort danach angerufen? Ich nehme den nächsten Flieger! Schickt mir euren Standort, ich bin auf dem Weg. Und sagt es gefälligst euren Eltern, sofort!«

»Haben wir doch schon, entspann dich.«

»*Entspannen*? Das letzte Mal hat der euch in eine uralte Pyramide gesperrt und du bist vom Kamel gefallen.«

Alice schaute immer noch sehr verwirrt. »Ich fürchte, ich brauche ein paar mehr Details. Ihr habt ein Kamel?«

Mit einem Seufzen ließ Constantin sich nach hinten fallen. »Das wird eine lange Nacht.«

Kapitel 24

Kann man denn hier nirgendwo in Ruhe einen Schurken überführen?

Constantin

»He, aufgepasst!« Schraubstockartig schloss sich etwas um Constantins Oberarm und zog ihn zurück. Er riss die Augen auf und sah sich verwirrt um. »Was?«

»Schlafwandelst du?« Zola sah kopfschüttelnd zu ihm auf. »Beinahe wärst du mir in den offenen Ofen gerannt.«

»Oh.« Constantin sah auf seine Füße hinab. Seine Schienbeine stießen wirklich beinahe an die heruntergeklappte Ofentür, von der eine ziemliche Hitze ausging. Hastig wich er zurück und rieb sich den Arm. Für so eine kleine Frau hatte Zola einen erstaunlich festen Griff. »Entschuldige Zola. Und danke.«

»Na, na, schon gut. Aber sag mir doch, warum du hier

in meine Küche gewankt kommst und was du letzte Nacht getrieben hast. Die Ringe unter deinen Augen sind ja so lila wie reife Pflaumen.«

»Ach, gar nichts«, murmelte Constantin und versuchte, ein gewaltiges Gähnen zu unterdrücken. »Es ist laut nachts, weißt du, dieser Wind, und überall knirscht es ...«

Die Ausrede war ziemlich lahm, aber Zola machte ein Gesicht, als würde sie sie ihm dieses Mal durchgehen lassen. »Ich mache dir und deiner Schwester einen starken Tee, der wird euch schon wach halten«, verkündete sie energisch. »Ich bringe ihn euch in die Bibliothek.«

»Danke schön.« Gerade noch rechtzeitig besann Constantin sich seiner Mission. »Zola, würdest du uns auch ein paar Sandwiches dazutun? Vom Frühstück sind doch bestimmt noch welche übrig. Und von deinem tollen Kuchen?«

»Bist du heute Morgen nicht satt geworden?«, fragte Zola und zog eine Augenbraue nach oben. »Es ist kurz nach elf.«

Constantin hob stumm die Schultern. Er wollte die nette Köchin nicht anlügen. Aber es war weder ihm noch seiner Schwester heute Morgen gelungen, für Alice etwas zu essen einzustecken, weil Edward sie einfach nicht aus den Augen gelassen hatte.

»Nimm dir, was du möchtest, die Platte mit den Sandwiches steht im Kühlschrank. Aber lauf nicht wieder in den Ofen. Ich gehe kurz in der Kühlkammer nach dem Abendessen schauen. Danach bringe ich euch den Tee.«

»Tausend Dank, Zola«, sagte Constantin und schon war

Zola verschwunden. Er huschte zum Kühlschrank und fand die besagte Platte. Kurzerhand nahm er das ganze Ding an sich und stopfte noch zwei Äpfel in seine Hosentaschen, ehe er sich auf den Weg zur Bibliothek machte. Dort warteten nämlich Scotty und Alice auf ihn. Die beiden hatten sich in die privaten Gemächer von Lady Fiona schleichen wollen und sie hatten vereinbart, sich in der Bibliothek wiederzutreffen.

Constantin lief gerade einen Flur entlang, den mit den ganzen Ahnenbildern von Lady Fionas Vorfahren, die ernst auf ihn hinunterstarrten, als plötzlich ein schwarzer Schatten auf ihn zueilte.

»Silver!« Constantin schnappte nach Luft. »Was machst du denn hier, Edward kriegt einen Wutanfall, wenn er dich sieht!«

Er versuchte, den Kater zu sich zu locken, aber Silver maunzte nur laut und lief den Flur entlang und dann wieder zurück zu Constantin, nur um ihm im selben Moment auszuweichen und erneut zu maunzen.

»Ich weiß nicht, was du von mir möchtest«, knirschte Constantin zwischen zusammengebissenen Zähnen hervor und versuchte, die Sandwiches in Balance zu halten. »Aber wir zwei sollten hier wirklich …«

Harte Schritte auf dem Parkettboden ließen ihn mitten im Satz abbrechen. Schritte, deren Klang er inzwischen nur zu gut kannte.

Edward!

»Silver, komm schon!« Constantin machte auf dem

Absatz kehrt und rannte den Flur entlang, so schnell er konnte. Zum Glück folgte Silver ihm. Der arme Kater rutschte in der Kurve aus und prallte gegen die Wand, war aber in null Komma nichts wieder auf den Pfoten und sauste weiter.

Wohin, wohin?, hämmerte es in Constantins Kopf. *Ich brauche ein Versteck! Edward darf den Kater nicht bemerken, das gibt ein riesiges Theater! Und über die Sandwiches will ich mit ihm auch nicht diskutieren.*

In diesem Moment bemerkte er eine unscheinbare Tür hinter einer ausladenden Grünpflanze. Hastig drehte er den Türknauf – nicht abgeschlossen! Constantin riss die Tür auf und schlüpfte hindurch.

»Silver!«, zischte er. »Komm her, na komm!«

Wie durch ein Wunder gehorchte der zierliche Kater und huschte an Constantin vorbei in den Raum.

Sobald die Tür zufiel, herrschte Dunkelheit.

Constantin schluckte. Er hatte keine Ahnung, wo er sich befand, aber es roch irgendwie chemisch und etwas kitzelte ihn im Nacken.

Wenn das eine Spinne ist, schreie ich, ganz egal, ob Edward mich hört oder nicht. Zwar hatte Constantin nichts gegen die kleinen Krabbeltiere, doch im Dunkeln von irgendwas berührt zu werden, ohne zu wissen, was das war, war ein anderes Thema. Vorsichtig tastete er nach dem Türrahmen und über die danebenliegende Wand, bis er tatsächlich einen Lichtschalter fand. Die Lampe war nicht besonders hell und enthüllte das Innere eines großen Besenschrankes.

Die Borsten eines besonders großen Exemplars waren das, was Constantin eben gespürt hatte.

Ich hatte schon schlechtere Verstecke, dachte er. *Fast schon gemütlich hier.*

Er presste ein Ohr gegen die Tür, um auf Edwards Schritte zu lauschen. Glücklicherweise eilte der Butler, ohne innezuhalten, an seinem Versteck vorbei und verschwand. Constantin atmete auf. Silver maunzte. Gedankenverloren streichelte Constantin seinen Gefährten und rieb sich die Schweißperlen von der Stirn. *Gerade noch mal gut gegangen.*

Er wartete noch ein paar Minuten und wollte gerade sein Versteck verlassen, als er leise Stimmen hörte.

Nanu? Sind das nicht Scotty und Alice?

Constantin streckte den Kopf zur Tür heraus – und die beiden Mädchen sprangen vor Schreck beinahe bis an die Decke.

»Was macht *ihr* denn hier?«

»Mum und Dad sind in die Bibliothek geplatzt. Ich konnte sie gerade noch ablenken, bevor sie Alice bemerkt hätten.« Scotty sah alarmiert über die Schulter. »Und was machst du in diesem Schrank?«

»Edward«, erklärte Constantin. »Er war direkt hinter mir. Ich musste improvisieren.«

»Nett.« Alice beäugte den Schrank mit einem Schmunzeln. »Und du hast was zu essen gefunden!«

»Ja, Zola war sehr hilfreich.«

Alice schnappte sich kurzerhand ein Sandwich und nahm einen gewaltigen Bissen. »Also«, mampfte sie. »In eure Zimmer können wir nicht, Edward hat die Hausmädchen hingeschickt. Und Dylan ist im versteckten Kaminzimmer und brütet da vor sich hin.«

»Wie kann dieses Schloss so groß und gleichzeitig so klein sein?« Scotty raufte sich die Haare. »Kann man denn hier nirgendwo in Ruhe einen Schurken überführen?«

»Schon gut, ich weiß, wo sie uns nicht finden. Kommt mit.« Alice führte die Geschwister zielstrebig in einen Seitenflügel. Zwei Mal mussten sie sich hastig hinter einer Ecke verstecken, doch dann erreichten sie einen schick eingerichteten Salon.

»Das frühere Herrenzimmer«, erklärte Alice. »Seit Lady Fionas Mann verstorben ist, wird es eigentlich nicht mehr genutzt.«

»Hm, trotzdem ein bisschen gefährlich hierzubleiben, oder?« Scotty zog die Nase kraus.

»Bleiben wir ja gar nicht«, sagte Alice geheimnisvoll. Sie ging zum Kamin hinüber und strich mit beiden Händen über den gemauerten Rand. Dann drückte sie fest zu und mit leisem Grollen glitt die Wand im Kamin beiseite. »Der ist nicht so nützlich, aber seit sie die Asche herausgefegt haben und der Kamin nicht mehr benutzt wird, geht es.« Alice zwinkerte den Geschwistern zu, legte sich auf den Bauch und robbte durch den niedrigen Eingang.

Scotty und Constantin tauschten einen Blick unter hochgezogenen Brauen, aber dann ließ Scotty sich ebenfalls auf den Bauch sinken und kroch Alice nach. Constantin schob Silver und die Sandwichplatte hinterher und folgte den Mädchen. Zum Glück mussten sie nur ein ganz kleines Stück kriechen, bis sich die Decke über ihnen öffnete. Erstaunt entdeckte Constantin, dass sie sich in einem richtigen kleinen Raum wiederfanden. Licht fiel durch ein schmales Fenster. Ein paar Decken und ein Schlafsack lagen auf dem Boden, neben einem kleinen Stapel Bücher und einem Rucksack.

Alice breitete die Arme aus. »Herzlich willkommen im Versteck der Grinsekatze.«

»Wow, sogar mit Fenster? Sieht man das denn nicht von draußen?«

»Kaum, es ist sehr geschickt eingesetzt. Und der Baum tut sein Übriges.« Alice schielte hungrig auf die Platte mit Sandwiches, die Constantin ihr gerne zuschob.

»Warum eigentlich Grinsekatze?«, fragte Scotty neugierig.

»Oh.« Alice wurde ein bisschen rot. »Mit meinem Namen ist die Assoziation zu Alice im Wunderland einfach sehr naheliegend. Tatsächlich liebt meine Mum dieses Buch und Lady Fiona auch. Und dann bin ich auch noch blond, na ja. Aber ich mag die Grinsekatze viel, viel lieber, weil sie sich unsichtbar machen kann und so ... Und irgendwie musste ich den Brief ja unterschreiben, also ... keine Ahnung, war eine spontane Idee und ich war außerdem ziemlich hungrig und nicht mehr so ganz bei Verstand.«

»Sie hat auf jeden Fall Eindruck gemacht«, meinte Scotty augenzwinkernd. »Du hast mir ganz schön Angst eingejagt am Anfang.«

»Das tut mir auch wirklich leid. Das alles war so verzwickt! Wisst ihr, die Gräfin hat mir von Dylan erzählt und dass sie ihn mir vorstellen wollte. Er ist ihr sehr wichtig. Und sie hat auch von einer Familie erzählt, die wohl mit ihm kommen würde, euch Blackbirds. Aber ... na ja, nach allem, was passiert war, und der ganzen Situation ... Da hatte ich Angst, dass ihr mir vielleicht nicht glauben würdet oder so was. Oder euch auf Malcoms Seite schlagt.«

»Pff, auf die Seite von diesem Pfau? Im Leben nicht!«, schnaubte Constantin, ließ sich auf dem Boden nieder und lehnte sich an die Wand. Silver kam und legte sich auf seine ausgestreckten Beine. »Habt ihr in den Räumen der Lady etwas entdeckt?«

»Irgendjemand hat dort alles auf den Kopf gestellt«, berichtete Scotty mit großen Augen. »Alles wurde durchsucht, und das nicht sehr unauffällig.«

»Vielleicht verliert Malcom die Geduld«, vermutete Alice.

»Wir wissen immer noch nicht, mit wem er außerhalb des Schlosses Kontakt hat, das ist ein wichtiges Puzzleteil. Ohne das werden wir nicht weiterkommen. Vielleicht wäre das sogar eine Spur zum Aufenthaltsort der Lady.«

»Ich hoffe, es geht ihr gut«, sagte Alice bedrückt und ließ ihr angebissenes Sandwich sinken. »Es macht mich ganz verrückt, dass sie vielleicht irgendwo eingesperrt ist und Angst hat.«

Scotty beugte sich vor und tätschelte ihr Knie. »Du hast gesagt, sie ist eine mutige Frau. Eine Abenteurerin. Bestimmt geht es ihr gut.«

»Ich hoffe es so sehr.« Tränen schimmerten in Alice' Augen. »Ich wünschte, ich hätte ihr gesagt, wer ich bin. Ich wollte immer eine Großmutter haben. Aber ich hatte Angst, dass sie mir nicht glauben würde, und ich weiß ja nicht, warum Mum und sie nicht miteinander reden.«

»Der DNA-Test!« Constantin richtete sich so ruckartig auf, dass Silver erschrocken die Flucht ergriff. »Scotty, den hab ich ja ganz vergessen!«

»Oh, du hast recht!« Scotty schlug eine Hand vor den Mund.

»Wartet mal, wovon redet ihr denn da schon wieder?«, fragte Alice und sah von einem zum anderen.

»Wir haben einen DNA-Test gefunden bei Malcom. Wir dachten erst, dass es seiner ist, aber was, wenn ...« Constantin stockte der Atem. »Was, wenn der gar nicht für ihn selbst war?«

»Sondern?« Alice verstand immer noch nicht.

»Für dich«, raunte Scotty. »Es wäre so einfach. Ein paar Haare und schon ... Oh, das ist so aufregend!«

»Aber warum sollte denn Malcom meine DNA überprüfen?«

»Um herauszufinden, ob du eine Gefahr für ihn bist.« Constantin stand auf, er konnte nicht still sitzen bleiben. »Scotty, erinnerst du dich noch an die Mappe?«

»Ja, natürlich.«

»Wir brauchen sie.«

»Wie bitte?«

»Ich muss noch mal einen Blick hineinwerfen und etwas

überprüfen.« Constantin straffte die Schultern. »Wir müssen noch einmal in Malcoms Räume!«

Angeführt von Alice schlichen sie durch die Geheimgänge des Schlosses und Scotty streckte auf einem kurzen Zwischenstopp den Kopf durch in das geheime Kaminzimmer, wo Dylan noch immer saß und mit finsterer Miene auf seinen Laptop einhackte.

»Pst«, machte sie, bis er aufsah. »Kannst du uns einen Gefallen tun?«

Zerstreut fuhr der große Mann sich durch die Haare. »Ich bin beschäftigt, kleiner Fuchs, geht das auch später?«

»Jetzt wäre ganz toll.«

»Na schön. Was soll ich tun?«

»Kannst du Malcom noch mal für uns ablenken? Für eine Weile?«

»Will ich wissen, warum?«

»Es würde uns dabei helfen, eine Theorie von Constantin zu überprüfen.«

»Aha.« Dylan schüttelte den Kopf. »Ihr Blackbirds, immer einem Geheimnis auf den Fersen. Also schön, ich werde mir etwas ausdenken.«

»Du bist der Beste, Dylan. Weißt du, wo unsere Eltern sind?«

»Am Hafen. Dein Vater wollte sehen, ob mit dem Boot alles in Ordnung ist. Sie sind bald zurück.«

Scotty zog sich zurück und zeigte Alice und Constantin, die lautlos hinter ihr gewartet hatten, einen hochgereckten Daumen. »Die Sache läuft«, flüsterte sie.

Kurz darauf lauerten die drei wieder hinter dem Spiegel und spähten in Malcoms Wohnzimmer. Hier herrschte immer noch ein riesiges Chaos; es sah beinahe noch schlimmer aus als bei ihrem letzten Besuch. Malcom war da und er wirkte nicht glücklich. Immer wieder nahm er sein Handy in die Hand, wählte eine Nummer und lauschte. Doch wen auch immer er zu erreichen versuchte, die Person schien nicht abzunehmen. »Hören Sie«, bellte er schließlich, als er zum wiederholten Mal auf einer Mailbox gelandet zu sein schien. »Ich habe genug! Wir müssen reden, und zwar bald! Ich habe hier alles auf den Kopf gestellt, doch ich finde weder ein Testament noch Hinweise auf den Schatz, den Sie wollten! Ich komme hier nicht weiter. Also rufen Sie mich endlich zurück!«

Da klopfte es plötzlich an der Tür. Malcom brauchte einen Moment, um sich zu sammeln, doch dann setzte er das für ihn typische leichte Grinsen auf und schwebte zur Tür. »Dylan, mein Bester, was führt dich denn zu mir?«

»Ach, ich hab mich gefragt, ob wir nicht noch mal eine Spritztour mit deinem schicken Wagen unternehmen wollen. Mir fällt etwas die Decke auf den Kopf.«

»Weißt du, heute passt es mir nicht so gut. Aber nimm dir den Wagen einfach und zieh alleine los. Lass dich nicht von mir abhalten.«

»Entschuldige, ich wollte dich wirklich nicht stören, es ist nur so …« Constantin spitzte die Ohren. Er glaubte, wirklich ein Schniefen von Dylan zu hören. »Weißt du, ich vermisse Fiona einfach so. Du bist ihr nächster Verwandter und ich dachte einfach … also … dass du verstehen würdest …«

Constantin presste eine Hand vor den Mund, um sein Lachen zu ersticken. An dem Mann war wirklich ein Schauspieler verloren gegangen.

»Oh nein, nicht doch!« Malcom klang ehrlich betroffen. »Natürlich, mein Lieber, sicher habe ich Zeit, warte, lass mich meine Jacke holen, dann bin ich sofort bei dir.«

Kopfschüttelnd beobachtete Constantin, wie Malcom tatsächlich das Zimmer verließ. »Unglaublich«, murmelte er.

»Oh, dafür schulden wir Dylan aber was«, stimmte Scotty zu. »Das war eine reife Leistung.«

Die drei verloren keine Zeit, schlüpften aus dem Geheimgang und machten sich an die Arbeit. Während Constantin zum Geheimfach ging, um die Mappe zu holen, suchte Scotty nach den Fotos von Alice, während diese an der Tür Schmiere stand.

»Was meint ihr, von was für einem Schatz hat er geredet?«, fragte Scotty über die Schulter, während sie den Schreibtisch durchsuchte.

»Hab ich mich auch gefragt.« Constantin nahm den Bilderrahmen von der Wand, doch das Fach dahinter war leer. »Mist!«

»Hey, suchst du vielleicht das hier?« Alice hielt eine vertraute Mappe in die Höhe.

Sofort sammelten sie sich darum und die Mädchen schauten Constantin über die Schulter, während er konzentriert durch die Mappe blätterte.

»Was ist das alles?«, murmelte Alice verwundert.

»Zeug über das Schloss. Die Geschichte, die Familie. Hier sind Stammbäume und Zeitungsartikel über Lady Fiona.« Constantin pfiff leise durch die Zähne. »Und hier ist eine Übersicht der Angestellten.« Mit leuchtenden Augen blickte er auf. »Das ergibt Sinn, oder?«

»Also für mich nicht«, meinte Scotty ratlos. »Was sagt dir das denn bitte?«

»Es ist ein Handbuch! Mit allen Anleitungen. Hieraus hat Malcom sein Wissen über die Familie. Hierauf basiert seine Geschichte. Schaut doch hier, die Stammbäume. Ich wette, die markierten Namen sind seine angeblichen Verwandten.« Constantin kribbelte es vor Aufregung bis in die Zehenspitzen. Da war es. Ein weiteres Puzzlestück! »Alice, dein Name taucht hier nirgendwo auf! Malcom wusste nichts von dir, deswegen wusste er auch nicht, wie er sich dir gegenüber verhalten sollte. Du warst in seinem Plan nicht vorgesehen!«

»Was willst du damit sagen?«, flüsterte Alice, die mit großen Augen auf die Mappe starrte. »Dass er ein Schwindler ist?«

»Hast du das nicht von Anfang an gedacht?«

»Aber ... aber das ...«

»Ich wette, der Mann aus dem Garten hat ihm geholfen«, erklärte Scotty. »Der ist es bestimmt auch, den er die ganze Zeit zu erreichen versucht.«

In diesem Moment klickte es im Türschloss, als ein Schlüssel hineingeschoben wurde. Es blieb keine Zeit! Die Freunde hechteten hinter die Couch und duckten sich, gerade als die Tür aufflog.

»Malcom, warte doch!«, hörten sie Dylan rufen. »Wofür brauchst du denn so dringend dein Handy?« Raschelnd fiel ein Blatt aus der Mappe zu Boden. Constantin spähte zwischen zwei Sofakissen hindurch und das Blut in seinen Adern schien zu gefrieren. Malcom kam genau auf die Couch zu!

»Nur eine Sekunde, alter Junge, ich bin gleich bei dir!«, rief er über die Schulter.

Fieberhaft suchte Constantin nach einem Ausweg, doch da war keiner. Er spürte, wie Alice nach seiner Hand griff und diese so fest drückte, dass er glaubte, die Knochen knacken zu hören. Constantin duckte sich und schloss die Augen. *Bitte nicht, Vater, bitte, bitte ...*

Die Schritte stoppten.

»Da bist du ja«, murmelte Malcom. Im nächsten Moment vibrierte ein Handy. »Na endlich!«, schnappte er und schien den Anruf entgegenzunehmen, er senkte die Stimme, wohl, damit Dylan ihn vor der Tür nicht hören konnte. »Wissen Sie eigentlich ... Ja. Okay. Ja. Nein. Nein, das sagte ich doch schon! Sie wird Ihnen nicht sagen, wo es ist. Dann lassen Sie mich mit ihr sprechen, ich bin gut in so was. Sie hält mich immerhin für Ihren Neffen. Okay. Ja, Freitagnachmittag. Ja, ich werde mir etwas ausdenken. Nein, ich fahre selbst. Na gut. Ja, na schön, bitte sehr, wenn Ihnen das so wichtig ist. Schicken Sie einen unauffälligen Wagen. In Ordnung. Auf Wiederhören.«

Das Gespräch wurde beendet. Malcom stieß ein tiefes Seufzen aus, dann entfernten sich seine Schritte und die Zimmertür fiel ins Schloss. Draußen hörte Constantin, wie Dylan etwas fragte, dann wurde es still.

Zitternd richteten die drei Freunde sich hinter der Couch auf. »Das war knapp«, murmelte Alice mit aschfahler Miene.

»Ja«, stimmte Constantin zu. »Aber es war auch sehr ergiebig – wir haben eine Spur!«

Kapitel 25

Fenstersimsbesuch

Constantin

Constantin lag bäuchlings auf seinem Bett, sein Handy in der Hand. Er hatte Yashar erneut eine Nachricht geschrieben, aber bisher hatte sein Freund nicht reagiert. Trotzdem hielt Constantin ihn auf dem Laufenden.

Gähnend legte er das Handy beiseite und streckte sich, als ein leises Klopfen ertönte.

»Herein«, brummte er, ohne sich zu bewegen.

Nichts passierte.

Dann klopfte es erneut.

Seufzend rollte sich Constantin vom Bett und öffnete seine Zimmertür. Doch da war niemand. Stirnrunzelnd trat er hinaus und sah sich auf dem menschenleeren Gang um.

»Soll das ein Scherz sein?«, knurrte er und schloss die Tür wieder. Da klopfte es hinter ihm ein weiteres Mal.

Constantins Herz machte einen Satz. Das musste aus dem Geheimgang im Schrank kommen! Schnell ging er hinüber, doch auch da war niemand.

»Hallo?«, rief Constantin leise in den Hohlraum hinein.

Keine Antwort.

»Also da brat mir doch ...« Jetzt klopfte es zum vierten Mal, deutlich energischer und Constantin fuhr so schnell herum, dass er für einen kleinen Moment ins Wanken geriet.

Da fiel sein Blick auf das Fenster – und die dunkle Gestalt, die dahinter auf dem Sims hockte. Constantin stöhnte auf, durchquerte den Raum und öffnete das Fenster.

»Na, da standest du aber ein bisschen auf dem Schlauch, was?«, kicherte Alice und sprang elegant in den Raum herein. »Ich dachte schon, ich muss da draußen versauern. Zola legt eine Spätschicht in der Küche ein und irgendwie ist im Schloss generell noch so viel los, dass ich keinen der anderen Eingänge nehmen konnte.«

»Malcom will wieder eine Party geben oder so was. Er hat alle in Aufruhr versetzt.« Constantin spähte aus dem Fenster. »Ist das nicht ganz schön gefährlich, hier hochzuklettern? Gerade bei Regen?«

»Ich kann supergut klettern, mein Sportlehrer war früher Zirkusartist und hat uns einiges beigebracht. Keine Sorge.« Alice schüttelte ihre langen Haare, dass die Tropfen nur so flogen, und streckte sich, ehe sie ein bisschen unschlüssig in der Mitte des Zimmers verharrte. »Also ... ähm ... ich dachte nur, vielleicht könnten wir ...«

Constantin erfuhr nicht, wie der Satz weitergehen sollte, denn im nächsten Moment hämmerte jemand gegen seine Zimmertür, so fest, dass das Holz erbebte. Erschrocken fuhren Alice und er herum; Alice machte schon Anstalten, zurück zum Fenster zu hechten, doch Constantin hielt sie auf. Im Dunkeln und bei Regen war das viel zu gefährlich, egal, was sie behauptete. Constantin legte einen Finger an die Lippen und ging leise zur Tür. Diese Art zu klopfen passte überhaupt nicht zu jemandem aus seiner Familie, schon gar nicht um diese Uhrzeit.

»Aufmachen!«, hörte er da eine Stimme rufen und erneut wurde gegen die Tür gepoltert. »Mach sofort die Tür auf, Jungc!«

»Das ist Edward«, hauchte Alice und wurde ganz blass.

»Versteck dich!«, flüsterte Constantin. »Ich wimmele ihn ab.«

»Junge!« Wieder Klopfen. Wenn er so weitermachte, würde er bald das ganze Schloss aufwecken.

Widerwillig öffnete Constantin die Tür einen Spalt. »Was ist denn los?«

»Lass mich rein!« Edward drückte gegen die Tür, doch Constantin war schneller und hielt dagegen.

»He, sind Sie verrückt geworden? Lassen Sie mich in Ruhe!«

»Was geht denn hier vor sich?«, donnerte die Stimme von Nathan Blackbird über den Flur. Selbst im Schlafanzug bot Constantins Vater noch einen einschüchternden Anblick. »Edward, erklären Sie sich!«

»Ich habe beobachtet, wie jemand versucht hat, in diese Räumlichkeiten einzudringen!«

»Einzudringen? Sie meinen, ein Einbrecher?« Evie Blackbird war hinter ihrem Mann auf den Gang hinausgetreten. »Aber wie soll der denn ins Schloss gekommen sein?«

»Das entzieht sich meiner Kenntnis, meine Dame. Doch es ist meine Pflicht, dieses Zimmer augenblicklich zu untersuchen!«

»So ein Blödsinn!«, mischte sich Constantin ein und versuchte, das Zittern aus seiner Stimme zu verbannen. »Ich würde es ja wohl wissen, wenn ein Einbrecher in meinem Zimmer wäre!«

»Hast du denn sonst irgendetwas Außergewöhnliches bemerkt, mein Sohn?«, wollte Nathan wissen.

»Hier ist alles in Ordnung.« Constantin schauspielerte ein Gähnen. »Ich denke, Sie haben sich verguckt, Edward.«

»Mitnichten habe ich das!«, wütete der Butler. »Ich weiß, was ich gesehen habe, und ich muss darauf bestehen, dieses Zimmer zu sehen, Mr Blackbird. Nur so kann ich für die Sicherheit der Bewohner von Carraig Castle garantieren.«

»Das ist wirklich löblich, Edward.« Evie wickelte sich fester in ihren Morgenmantel und nickte ihrem Sohn zu. »Na los, lass den guten Mann seine Arbeit machen, Constantin, und dann können wir alle wieder ins Bett.«

»Aber Mum, das ist doch lächerlich!«, versuchte Constantin es noch einmal.

»Aber es schadet doch nicht. Nun mach schon die Tür auf.«

Schweiß trat Constantin auf die Stirn. Edwards Augen leuchteten triumphierend. Er musste gesehen haben, wie Alice zu ihm hinaufgeklettert war, und versuchte, sie zu schnappen. Durch Zufall oder hatte er auf der Lauer gelegen? Wusste Edward, dass Alice das Schloss nie wirklich verlassen und sich mit den Blackbirds verbündet hatte?

Hoffentlich hat Alice ein gutes Versteck gefunden!

»Constantin?«, fragte Nathan. »Stimmt etwas nicht?«

»Es … es … ich habe nicht aufgeräumt«, stammelte Constantin und warf einen hektischen Blick über die Schulter. Er konnte Alice nicht entdecken.

»Ach, mein Lieber, das wissen wir«, schnaufte Evie, trat an Edward vorbei und drückte sacht gegen die Tür. »Ich bin sicher, dass Edward schon Schlimmeres gesehen hat.«

Constantin gab sich geschlagen. Er sah noch das hämische Lächeln, das Edward jedoch schnell wieder versteckte, als er mit wichtiger Miene ins Zimmer rauschte, dicht gefolgt von Constantins Eltern. Zielstrebig eilte Edward durch den Raum, schaute unter das Bett und ins angrenzende Badezimmer. Er zog sogar den Duschvorhang beiseite. Die Bewegungen des Butlers wurden immer hastiger, je weniger mögliche Verstecke übrig blieben. Constantin schlug das Herz bis zum Hals. Edward durfte Alice auf gar keinen Fall entdecken!

Schließlich stürmte der Butler entschlossen zum Schrank hinüber und riss dramatisch die Türen auf. Doch auch dort war nichts. »Ich … das verstehe ich nicht«, stotterte Edward, wandte sich um und zeigte mit ausgestrecktem Zeigefinger auf Constantin. »Was treibst du für ein Spiel, Bursche?«

»Ich weiß nicht, was Sie meinen, Edward«, gab Constantin sich arglos.

»Ich weiß, was ich gesehen habe!«, wiederholte Edward. Er stürmte zum Fenster hinüber und wischte mit der Hand über die Fensterbank. »Da – Regentropfen!«

»Na ja, es wird doch nicht verboten sein zu lüften, oder?«

Edward schnappte nach Luft. »Ich ... ich ... aber ...«

»Na, na, kein Grund zur Aufregung, Edward, es ist doch alles in Ordnung«, beschwichtigte Evie den sichtlich aufgelösten Butler. »Die Nacht kann einem schon mal Streiche spielen, gerade bei diesem Wetter. Glauben Sie mir, mir geht es auch oft genug so.«

»Aber ich bin ... ich war mir so sicher ...«

»Sie sind überreizt, mein Guter, ich fürchte, Sie arbeiten einfach zu viel, und dann die ganze Aufregung der letzten Tage. Na, kommen Sie, ein paar Stunden Schlaf werden Ihnen guttun.« Mit diesen Worten geleitete sie den zitternden Butler aus dem Zimmer.

Nathan Blackbird verharrte weiterhin am Fenster, wo er schon die ganze Zeit gestanden hatte, und sah seinen Sohn nachdenklich an.

»Das war ja seltsam« meinte Constantin, der unter dem Blick seines Vaters unsicher wurde. »Wirklich ... seltsam.«

»Ja«, bestätigte Nathan langsam. »Seltsam.« Dann trat er einen Schritt zur Seite und betrachtete etwas auf dem Fußboden, das er bis dahin verdeckt hatte. »Wirklich seltsam«, meinte er noch einmal und verließ dann mit einem weiteren Blick und einem schmalen Lächeln den Raum. »Gute Nacht, mein Sohn.«

Die Erwiderung blieb Constantin in der Kehle stecken, als er zum Fenster ging, um zu sehen, was sein Vater so intensiv gemustert hatte. Ihm stockte der Atem. Es war ein Fußabdruck aus nasser Erde, der sich deutlich sichtbar auf dem Boden abzeichnete. Hastig holte Constantin ein Taschentuch und beseitigte den verräterischen Hinweis, ehe er zur Tür flitzte und sie fest verschloss. Nur zur Sicherheit stellte er auch noch einen Stuhl unter die Klinke. Erst dann wandte er sich seinem Kleiderschrank zu und kroch hinein. Als er auf der gegenüberliegenden Seite aus Scottys Schrank spähte, entdeckte er seine Schwester und Alice mit großen Augen auf Scottys Bett. Scottys wilde rote Locken standen in alle Richtungen ab.

»Na, das war ja mal knapp!«, seufzte sie.

Kapitel 26
Aufgeflogen

Scotty

Scotty strich über ihren Pullover und warf Alice einen Blick zu, die sichtlich nervös wirkte. Vor ihr lagen die Reste des Frühstückes, das die Blackbirds in ihre Zimmer geschmuggelt hatten. »Bereit?«

»Ich weiß nicht«, erwiderte Alice. »Was, wenn das ein großer Fehler ist? Was, wenn sie durchdrehen? Was, wenn sie meine Mum anrufen?«

»Das werden sie nicht«, sagte Constantin beruhigend. »Jedenfalls nicht gleich«, lenkte er ein, als Scotty die Brauen hob. »Und selbst wenn, muss das ja nichts Schlimmes sein. Wir sind ganz dicht dran, Alice. Alles wird gut.«

Alice sah immer noch aus, als würde sie am liebsten weglaufen. Scotty sah schon förmlich vor sich, wie die Grinsekatze sich elegant aus dem Fenster schwang und in der Nacht verschwand. Doch jetzt war nicht die Zeit zum Weglaufen! Sie griff nach Alice' Hand und der ihres Bruders und drückte sie ganz fest. Und dann betete sie: »Großer Vater im Himmel, ich danke dir so sehr, dass Alice uns gefunden und gerettet hat, als wir eingesperrt waren. Danke für die Freundschaft und die Abenteuer, die wir schon erlebt haben. Aber du siehst auch, dass wir Mama und Papa und Dylan jetzt alles sagen wollen und dass Alice Angst hat. Bitte mach ihr doch Mut und hilf, dass wir das Richtige sagen und die Erwachsenen nicht wütend werden. Amen.«

»Amen«, sagte Constantin fest und fuhr fort: »Gott, unser Vater, bitte sei auch bei Lady Fiona. Du weißt ganz genau, wo sie ist. Du kannst uns helfen, sie zu finden. Bitte gib, dass es ihr gut geht und sie wieder heil nach Hause kommt. Amen.«

»Amen«, flüsterte Alice und eine Träne rann über ihre Wange, die sie hastig fortwischte, um ein tapferes Lächeln aufzusetzen. »Also los, worauf warten wir noch?«

Scotty und Constantin hatten ihre Eltern und Dylan gebeten, sie im versteckten Kaminzimmer zu treffen. Sie gingen zuerst nur zu zweit hinein. Die Erwachsenen warteten bereits mit gespannten Gesichtern.

»Also«, fragte Nathan und musterte seine Kinder, »klärt ihr uns jetzt endlich über alles auf?«

»Erst müsst ihr uns versprechen, dass ihr euch nicht aufregt und wir die weiteren Schritte gemeinsam entscheiden«, sagte Scotty ganz ruhig. »Und das meinen wir sehr respektvoll.«

»Ach du meine Güte.« Evie sackte auf ihrem Sessel zusammen. »Soraya Blackbird, du sagst mir jetzt sofort, was ihr angestellt habt!«

»Gar nichts!«, protestierte Constantin empört. »Wir haben lediglich Augen und Ohren offen gehalten. Wir sind nun mal echte Blackbirds!«

Evie deutete auf ihren Mann. »Das haben sie von dir. Ganz allein von dir.«

Nathan gab sich sichtlich Mühe, ernst dreinzuschauen, aber seine Mundwinkel zuckten. »Ich stimme Scottys Vorschlag zu«, sagte er. »Also raus damit. Was habt ihr entdeckt?«

»Nicht was«, sagte Constantin und ging zu Tür. »Sondern wen. Mum, Dad, Dylan: Das ist Alice.«

Einen Moment lang fürchtete Scotty, Alice hätte es sich doch anders überlegt. Doch dann trat das blonde Mädchen mit gefasster Miene und Silver auf dem Arm in den Raum.

Evie schnappte laut nach Luft, während Dylan durch die Zähne pfiff. »Na, sieh mal einer an!«

»Guten Abend«, grüßte Alice höflich. »Ich bin Alice Murry. Freut mich, Sie kennenzulernen. Ich bin ...«

»Du bist Fionas Enkeltochter«, raunte Dylan begeistert. »Also damit hatte ich nicht gerechnet!«

»Warte mal, woher weißt du das?«, fragte Constantin verwirrt. »Ich habe eine ganze Rede vorbereitet, um zu beweisen, wer sie ist.«

»Ich brauche keine Rede, ich hab doch Augen im Kopf. Sie sieht genau so aus wie Fionas Mutter als Mädchen. Habt ihr denn die Porträts im dritten Stock nicht gesehen? Also wirklich, von wegen Blackbirds und Augen aufhalten.«

Constantin klappte den Mund zu und lief rot an, während Scotty sich verwundert fragte, warum die Gräfin nicht selbst auf die Idee gekommen war, dass Alice ihre Enkelin war, wenn Dylan es doch sofort erkannte. Oder hatte Lady Fiona es etwa doch vermutet? Bevor Scotty weiter in diese Richtung denken konnte, machte Alice vorsichtig einen Schritt in Dylans Richtung. »Dann glauben Sie mir?«

»Aber sicher, Mädchen, ich wäre ein Idiot, wenn nicht. Sag mir jetzt aber nicht, dass du das Gespenst bist, das hier durch die Wände spukt und auf dem Dach Konzerte gibt.«

Jetzt war es an Alice, rot zu werden. »Äh … und wenn doch?«

»Aber warum versteckst du dich denn bitte? Das hier ist quasi dein Zuhause! Deine Familie lebt seit Jahrhunderten hier!«

In kurzen Sätzen, aber ohne etwas auszulassen, erzählte Alice, was sie nach Carraig Castle geführt hatte. Die Erwachsenen lauschten ihr gespannt und Scotty atmete erleichtert auf. *Das läuft gut!*

Als Alice fertig war, hatte Evie Tränen in den Augen. Sie sprang auf und zog Alice in eine feste Umarmung. Silver brachte sich gerade noch rechtzeitig in Sicherheit.

»Schämt euch!«, schluchzte Evie und sah ihre Kinder an. »Wirklich, ihr hättet sofort zu mir kommen müssen!«

»Ich habe es nicht erlaubt!«, verteidigte Alice ihre neuen Freunde hastig. »Wirklich nicht.«

»Alice, wir müssen deine Mutter anrufen und ihr die Wahrheit sagen. Sie muss herkommen. Sie kann bestätigen, wer du bist, und Malcom …« Nathan stockte. »Ja, was ist überhaupt mit Malcom?«

»Er ist ein Betrüger.« Constantin zauberte die Mappe aus dem Regal, die er dort vor einigen Stunden positioniert hatte. »Und ich kann es beweisen.«

»Was ist das denn nun schon wieder?«, fragte Evie und beugte sich über die Mappe.

»Eine Art Handbuch. Jegliches Hintergrundwissen über Carraig Castle und seine Bewohner, fein säuberlich zusammengetragen. Es fehlt nichts, außer vielleicht Edwards Schuhgröße. Ich tippe ja auf zweiundfünfzig.«

Nathan warf ihm einen mahnenden Blick zu. »Habt ihr diese Mappe gestohlen?«

»Geborgt«, nuschelte Constantin. »Und auch nur für heute Abend, wir bringen sie gleich zurück.«

»Wartet mal«, mischte sich da Dylan ein und fischte eine Visitenkarte aus der Mappe. »Was ist das denn?«

»Eine Filmagentur«, erklärte Scotty. »Keine Ahnung, was die damit zu tun hat. Vielleicht plant Malcom schon seinen eigenen Film oder so.«

»Nein, nein«, murmelte Dylan und schnappte sich seinen Laptop, der immer noch auf dem kleinen Tisch stand. Konzentriert begann er, auf die Tastatur einzuhacken, während die anderen ihm verwirrt zusahen.

»Äh«, meinte Nathan. »Was genau …?«

»Ha! Ich wusste es!« Dylan reckte so schwungvoll eine

Faust in die Luft, dass Nathan sich hastig wegducken musste. »Ich wusste doch, ich kenne das Gesicht von dem Vogel! Schaut euch das an!« Er drehte den Laptop so, dass alle den Bildschirm sehen konnten. Unter der Überschrift »Serie wird abgesetzt – keine weitere Staffel von *Praxis der verlorenen Herzen*« war ein Gruppenfoto abgebildet.

Scottys Blick huschte über die Gesichter und – »Nein!«, keuchte sie. »Das ist ...«

»... Malcom!«, beendete Dylan triumphierend ihren Satz. »Er ist ein Schauspieler!«

»Ein Schauspieler, der sich als Lord ausgibt?« Evie schüttelte den Kopf. »Wo sind wir denn hier gelandet?«

»Am Schauplatz eines Verbrechens«, meinte Scotty düster. »Eines schrecklich schlimmen Verbrechens. Aber morgen Nachmittag kann alles schon ein Ende haben.«

Ihre Eltern sahen sie an.

»Ach ja?«, fragte Nathan. »Was genau ist denn bitte morgen Nachmittag?«

Kapitel 27
Das Haus im Moor

Scotty

Scotty stellte mal wieder fest, wie schnell die Zeit verging, wenn man Pläne schmiedete, um einen Schurken zu fassen. Und gleichzeitig eine ungeduldige beste Freundin auf dem Laufenden hielt, die leicht griesgrämig war, weil sie nicht mit von der Partie war. Und sie stellte fest, dass es die Dinge wesentlich vereinfachte, wenn die Eltern im eigenen Team spielten. So organisierte Nathan einen gemeinsamen Ausritt samt Picknick und verkündete überall im Haus, dass dies das perfekte Ende für einen großartigen Urlaub sei.

Evie schmierte Malcom so viel Honig um den frisch gekämmten Bart, dass er sich in völliger Sicherheit wiegte, und Dylan nahm Edward jeglichen Wind aus den Segeln. Die Mappe mit den Beweisen lag wieder in Malcoms Versteck – vorher hatte Evie sich aber mit ihrer Kamera darüber hergemacht und alles sorgfältig festgehalten. Sie übernahm es auch, Alice' Mutter zu kontaktieren, doch die war bisher noch nicht zu erreichen gewesen. Scotty wusste, wie erleichtert Alice deswegen war, und teilte das Gefühl ein bisschen.

Schließlich war es so weit. Eine kleine Kutsche wartete vor dem Haus, Evie nahm auf dem Bock Platz und Constantin und Scotty stiegen hinten ein. Alice durfte sich natürlich nicht sehen lassen und würde erst unterwegs zu ihnen stoßen.

Dylan und Nathan ritten neben der Kutsche her. Unter dem fröhlichen Winken von Zola und sichtlicher Erleichterung von Edward über ein bisschen Freiraum verließen sie Carraig Castle.

»Das lief doch nicht schlecht«, verkündete Evie fröhlich. »Scotty, wo muss ich jetzt lang?«

»Nach links, Mama.«

Sie hielten sich so dicht am Schloss wie möglich, bis sie eine bestimmte Stelle erreichten. Constantin sah sich aufmerksam um und stieß dann einen Pfiff aus. Im nächsten Moment kam Alice schon zwischen den Bäumen hervor. Sie hatte das Anwesen durch den Geheimgang mit dem Gitter verlassen. Sie sprang in die Kutsche und Evie trieb die Pferde an. Dylan übernahm die Führung und lotste sie außer Sichtweite des Anwesens. »Gut, das sollte reichen«, meinte er. Sie hielten an und er machte sich daran, die Pferde abzuschirren.

Schon bald saßen Evie und Alice auf dem einen, Scotty saß bei Dylan auf und Constantin bekam sein eigenes Pferd, weil er am besten reiten konnte.

»Der Wagen müsste gleich am Schloss sein«, meinte Evie mit einem Blick auf die Uhr.

»Ich wünschte wirklich, wir könnten einen Peilsender daran befestigen«, brummte Constantin.

»Entschuldige bitte, Sohn, die sind mir ausgegangen«, antwortete Nathan trocken. »Ich bin nur ein einfacher Geschichtsprofessor und nicht vom Geheimdienst.«

»Jedenfalls nicht offiziell«, flachste Dylan. Verwundert fragte sich Scotty, was er damit sagen wollte, doch dafür blieb jetzt keine Zeit.

»Jeder weiß, wo er hinmuss?«, vergewisserte sich Dylan noch einmal und erntete ernstes Nicken. »Gut, wir halten über die Handys Kontakt. Seid vorsichtig.«

In Windeseile ging es durch den Wald, bis Scotty sich auf einem kleinen Hügel wiederfand. Dylan zog ein Fernglas aus der Satteltasche. »Ich kann einen Wagen sehen«, berichtete er. »Jep, er nähert sich dem Schloss. Und da ist auch Malcom.«

»Hat er irgendetwas bei sich?«, fragte Scotty, aber Dylan schüttelte den Kopf. »Nichts, was ich sehen könnte.« Er nahm die Zügel auf. »Gut festhalten«, riet er Scotty und dann begann ein wilder Ritt. Die Blackbirds hatten sich an den Abzweigen der Straße aufgeteilt, um den Weg des Wagens verfolgen zu können. Das war nicht leicht, besonders, ohne gesehen zu werden, doch schließlich fanden sich die Reiter wieder zusammen.

»Hier ist er reingefahren«, verkündete Constantin und deutete auf einen schlammigen Weg. »Laut den Schildern geht es dort ins Moor.«

»Allerdings«, brummte Dylan. »Ich glaube, ich weiß, wo die hinwollen. Ihr bleibt alle schön hinter mir, verstanden? Das Gelände hier kann tückisch sein, besonders nach dem Regen der letzten Tage.«

Schweigend ritten sie weiter. Die Umgebung bot nicht sehr viel Deckung, aber in einiger Entfernung konnte Scotty Bäume erkennen. Und noch etwas …

»Siehst du auch Rauch?«, flüsterte sie Dylan zu und der nickte. »Ziemlich weit oben. Könnte von einem Schornstein sein.«

Er sollte recht behalten. Als sie das kleine Wäldchen erreichten, entdeckten sie ein Haus. Still und einsam stand es mitten im Nirgendwo und aus einem kleinen Schornstein quoll eine lustige Rauchfahne in den Himmel.

»Na, sieh mal einer an.« Nathan Blackbird sprang von seinem Pferd und half erst seiner Frau und dann den anderen hinunter. Hier war der Boden fest und erdig. »Dylan, was ist das hier?«

»So ein kauziger Einsiedler hat das Land hier gekauft und das Haus bauen lassen. Aber er starb und seitdem steht das eigentlich leer.«

»Nun, jetzt wohl nicht mehr.« Constantin spähte durch sein Fernglas. »Ich sehe den Wagen. Und Bewegung da hinterm Fenster.«

»Ihr bleibt allesamt hier«, befahl Evie streng. »Ich will

keins von euch Kindern auch nur in der Nähe dieses Hauses sehen!«

»Aber Mama!«, protestierte Scotty. »Wir sind so nah dran!«

»Ja, so nah dran, in Gefahr zu geraten, und deswegen spreche ich jetzt ein Machtwort. Ihr bleibt mit Dylan bei den Pferden. Euer Vater und ich gehen.«

»Äh, wie bitte?«, rief Dylan entsetzt und erntete ein gewaltiges »Pssst«-Konzert aus allen Richtungen. »Ich werde ganz sicher nicht …«

»Wo ist Alice?«, fragte Constantin in diesem Moment. »Sie war doch eben noch hier.«

Besorgt blickten sich die Blackbirds um, doch Alice blieb verschwunden.

»Na prima!« Evie warf kapitulierend die Hände in die Luft. »Aber wir können nicht alle gehen, jemand muss bei den Pferden bleiben und notfalls Hilfe holen.«

»Dann klären wir das jetzt, wie reife Erwachsene das nun mal tun.« Nathan rollte die Ärmel hoch. »Schere, Stein, Papier, ohne Brunnen, ohne Schummeln, los geht's.«

Evie verlor. Constantin ebenfalls.

»Keine Sorge, Schatz.« Nathan küsste seine Frau auf die Wange. »Wir schleichen uns an, aber egal, was wir sehen, wir halten uns in Deckung und kommen zurück, sobald es brenzlig wird. Und im Notfall geben wir eben die verirrten Touristen, darin bin ich spitze. Aber wenn Malcom hier ist, um seine Tante zu sehen, dann ist die Gräfin vielleicht in diesem Haus. Und das müssen wir sicher wissen, ehe wir die Polizei alarmieren können.«

Nathan, Dylan und Scotty schlichen auf das Haus im Moor zu und hielten dabei Augen und Ohren offen. Trotz der beruhigenden Worte ihres Vaters schlug Scotty das Herz ziemlich laut in der Brust. *Gott, bitte pass auf uns auf*, betete sie stumm. Wieder einmal dachte sie an Königin Esther, die voller Mut und Gottvertrauen vor den König getreten war. Scotty straffte die Schultern. *Gott ist mit mir*, dachte sie und ging mutig weiter. Sie näherten sich dem Haus von der Rückseite. Alles war still. Die Fenster waren mit Vorhängen verhängt, doch durch einen Spalt erhaschte Scotty einen Blick auf zwei Männer.

»Ein offenes Fenster wäre nett, um irgendwas zu hören«, flüsterte Dylan.

»Psst«, machte es da über ihnen aus den Ästen eines Baumes und im nächsten Moment sprang Alice zwischen ihnen zu Boden. Scotty unterdrückte gerade noch so einen Schreckensschrei.

»Wir müssen da vorne auf das Dach«, erklärte Alice ohne Umschweife. »Aber alleine komme selbst ich da nicht hoch.«

»Und warum genau willst du da rauf?«, fragte Nathan und vergaß ganz, mit Alice über ihren unangekündigten Abgang zu schimpfen.

»Weil ich hier vom Baum aus den Flur sehen konnte. Und auf diesem Flur sitzt ein Mann vor einer Tür. Ich denke, er bewacht etwas. Vom Vordach kann ich in den Raum, vor dem er Wache hält, hineinschauen.«

»Du bist genial«, flüsterte Scotty ehrfürchtig. »Ich komme mit dir!«

Dylan und Nathan zögerten, aber dann hoben sie die Mädchen doch auf ihre Schultern, sodass sie auf das Vordach klettern konnten.

Geduckt warteten Scotty und Alice einen Moment, dann schlichen sie beide an das Fenster heran. Hier waren die Gardinen zurückgezogen – und durch das Fenster entdeckte Scotty eine Frau!

Alice stieß einen erstickten Laut aus und legte eine Hand an das Glas. »Lady Fiona!«

Scottys Herz machte einen aufgeregten Rückwärtssalto. Sie war es wirklich! Die Gräfin war hier in dieser Bruchbude! Sie hatten sie gefunden.

Die Frau blickte auf und ein Leuchten ging über ihr Gesicht. Schnell trat sie an das Fenster und legte eine Hand gegen das Glas, genau über die von Alice.

»Hallo, meine kleine Alice«, sagte sie. »Ich hab mir schon gedacht, dass du mich suchen kommst.«

Ihre Stimme war durch das Glas nur leise zu verstehen.

Hastig wischte Alice sich über die Augen. »Öffnen Sie bitte das Fenster! Unten steht Hilfe, wir holen Sie hier raus.«

»Ich fürchte, das ist nicht möglich, mein Kind, das Fenster ist verriegelt, ich kann es nicht öffnen, dafür haben meine Entführer gesorgt.« Sie betrachtete Scottys Gesicht. »Du kommst mir so bekannt vor, meine Liebe ...«

»Das ist Scotty Blackbird«, erklärte Alice. »Sie und ihre Familie sind nach Carraig Castle gekommen. Sie ist meine Freundin.«

»Aber natürlich ist sie das.« Hoffnungsvoll blickte die Lady zu ihnen hoch. »Sag, Kind, ist mein lieber Dylan ...?«

»Er wartet gleich dort unten«, berichtete Scotty. »Lady Fiona, wir werden Sie retten! Wie viele Männer sind im Haus?«

»Ich glaube vier, aber eben habe ich ein Auto gehört. Ich weiß nicht, wer angekommen ist.«

»Es ist Malcom.«

»Ah.« Das Gesicht der Lady verzog sich, als hätte sie in einen fauligen Apfel gebissen. »Mein angeblicher Neffe.«

»Er ist ein Schauspieler. Wir glauben, dass es sich hier um einen großen Betrug handelt, nur wissen wir nicht, worum genau es geht.«

»Ich denke, ich weiß es. Aber das muss warten, Scotty, du sagst, mein Patensohn ist bei euch? Er soll die Polizei informieren. Inspektor Carmichael. Und Zola! Scotty, sag ihm, dass er Zola anrufen soll.«

»Die Köchin?«, fragte Scotty verwirrt. »Wieso das denn?«

Da drehte Lady Fiona hastig den Kopf und lauschte. »Jemand kommt! Rasch, Mädchen, fort mit euch! Verschwindet!« Im nächsten Moment hatte sie sich bereits abgewandt.

Scotty und Alice ließen sich platt auf den Bauch fallen. Scotty rutschte bis zum Rand des Daches vor und spähte hinunter. Ihr Vater stand direkt unter ihr.

»Alles in Ordnung?«, fragte er leise und wirkte sehr erleichtert, sie zu sehen.

»Sie ist hier!«, zischte Scotty. »Lady Fiona ist hier! Sie wurde entführt. Wir sollen sofort einen Inspektor Carmichael anrufen.«

»Ich erledige das. Aber ich muss ein Stück zurück, hier ist kein Netz. Scotty, seht zu, dass ihr da runterkommt und euch in Sicherheit bringt!«, befahl Dylan und huschte davon.

Nathan streckte die Arme nach seiner Tochter aus, doch Scotty sah zurück zu Alice. Das Mädchen kauerte neben dem Fenster und lauschte konzentriert.

»Moment noch«, raunte Scotty ihrem Vater zu und kroch zurück zu ihrer Freundin. Die presste einen Finger auf die Lippen und deutete auf das Fenster.

»Bitte, Tante Fiona, ich flehe dich an, sag diesen Männern doch, was sie wissen wollen. Dann lassen sie uns sicher gehen!«

Scotty klappte die Kinnlade herunter. *War das etwa Malcom?*

Ihre Gedanken schienen ihr ins Gesicht geschrieben zu sein, denn Alice nickte heftig und beugte sich vor, bis ihr Mund an Scottys Ohr lag. »Er spielt ihr vor, dass er auch gefangen gehalten worden wäre!«, hauchte sie. »Er versucht, sie zu täuschen, damit sie ihm etwas verrät. Irgendwas über einen Familienschatz.«

»Darum ging es also die ganze Zeit?«, wisperte Scotty. »Aber hat sie ihm nicht gesagt, dass sie ihn für einen Betrüger hält?«

»Bisher nicht, sie spielt mit. Vermutlich, um ihn in Sicherheit zu wiegen und uns mehr Zeit zu verschaffen.«

»Sie sollten wirklich auf Ihren Neffen hören, Lady Fiona«, erklang jetzt eine weitere Stimme. »Langsam verliere ich meine Geduld. Sie wissen, was ich will. Wo ist der Schatz?«

Scotty lief es kalt den Rücken herunter. Sie kannte diese Stimme. *Der Blassäugige!* Er stand direkt am Fenster! Scotty schnappte Alice' Hand, zerrte daran und wollte sich zur Seite werfen, hin zum Rand des Dachs, um ihren Vater zu warnen. Doch zu spät!

Im nächsten Moment flog das Fenster auf und eine schwere Hand packte Scotty am Kragen. »Hab ich dich!«

Kapitel 28
Der Komplize seiner Lordschaft

Scotty

Scotty schrie laut auf, warf sich zur Seite, um dem Griff zu entgehen, doch der Mann war zu stark und zog sie unbarmherzig durch das Fenster. Scotty krallte sich am Fensterrahmen fest – vergeblich, der Fremde hob sie ins Haus hinein.

»Aufhören!«, rief die Gräfin. »Lassen Sie das Kind los!«

»Alice, lauf!«, schrie Scotty, doch Alice dachte gar nicht daran. Mit einem gewaltigen Satz sprang sie Scotty nach und auf den Rücken des Mannes, der ihre Freundin gepackt hielt. Der brüllte erschrocken auf, als Alice ihm über die Wange kratzte, und ließ Scotty los, die hart auf dem Boden aufkam, sich abrollte und direkt auf die Füße sprang, die Hände kampfbereit erhoben.

Der Mann schüttelte sich, pflückte Alice von seinem Rücken und schubste sie zur Seite. Scotty fing ihre Freundin auf und sah zum Fenster, doch das wurde gerade von einem Mann mit Wollmütze und hämischem Grinsen wieder verschlossen. Kurz tauschte sie einen Blick mit Malcom, der erschrocken in einer Ecke kauerte.

»Hat euch niemand gesagt, wie unhöflich lauschen ist?«, grollte der riesige Mann, der sie gefangen hatte, und kam drohend auf sie zu.

»Finger weg von ihr!« Lady Fiona baute sich schützend vor den Mädchen auf. »Sie werden meiner Enkelin und ihrer Freundin kein Leid zufügen, haben Sie mich verstanden?«

»Enkelin. Soso.«

Scotty zuckte zusammen und wirbelte herum. An der Wand lehnte der Blassäugige, die Hände in die Hosentaschen geschoben, die Krawatte hing ihm gelockert um den Hals. Sein Blick glitt über Alice hinweg und blieb an ihr hängen. »Soraya Blackbird«, sagte er leise. »So sehen wir uns also wieder.«

»Das ist nicht meine Schuld«, wimmerte Malcom von seinem Platz an der Wand. »Ich wusste nicht, dass sie mir folgen!«

»Lassen Sie uns gehen!«, verlangte Scotty, ohne den falschen Lord zu beachten, und mit der festesten Stimme, die sie zustande brachte. »Sofort!«

»Aber wir haben uns doch gerade erst wiedergetroffen.«

»Auf das Vergnügen hätte ich gerne verzichtet. Was treiben Sie hier? Sind Ihnen die Pyramiden zum Ausrauben ausgegangen?«

»Mir war nach einem Klimawechsel.« Die Augen des Mannes funkelten amüsiert. »Aber sag mir, meine Liebe, wo du bist, ist doch sicher dein Bruder nicht weit, oder? Steckt er auch dort draußen?«

»Gehen Sie doch nachsehen«, gab Alice spitz zurück. »Und lassen Sie sich ruhig Zeit.«

»Ich merke schon, hier haben sich zwei gefunden.« Der Blassäugige ging zur Tür. »Antonio, wir haben ungebetene Gäste. Geht und sichert das Gelände!«, rief er. Gedankenverloren nestelte er an seiner Krawatte. »Eure Lord- und Ladyschaft, ich schlage vor, wir setzen unser Gespräch in Ruhe an einem anderen Ort fort.«

»Oh nein, bitte nicht, bitte lassen Sie mich doch endlich in Ruhe!«, rief Malcom. Flehend streckte er die Hände aus. »Bitte Tante, lass sie mich nicht mitnehmen, sag es ihnen doch einfach!«

»Ach, hören Sie doch endlich auf mit dieser Schmierenkomödie«, schnaubte Lady Fiona. »Ich weiß, dass Sie nicht mein Neffe sind, sondern irgendein armer Tropf. Glauben Sie wirklich, ein falscher DNA-Test überzeugt mich davon, dass Alice nicht mit mir verwandt ist? Ich habe es die ganze Zeit geahnt, lediglich die Beweise fehlten mir!«

»Schmierenkomödie?«, wiederholte Malcom entsetzt. »Entschuldigen Sie bitte! Ich bin Schauspieler, und zwar ein ausgezeichneter.«

»Ach, von wegen!«, blaffte Alice. »Ein Hanswurst sind Sie, der versucht hat, sich das Vertrauen der Gräfin zu erschleichen. Was wollten Sie, ihr Erbe werden? Und als das nicht geklappt hat, haben Sie sie entführt?«

»Ich verbitte mir derlei Unterstellungen!«, schnappte Malcom. »Mit Entführungen habe ich nichts zu schaffen.«

»Nun, das scheint wahr zu sein.« Lady Fiona nickte. »Mein Chauffeur war erkrankt, jemand anderes fuhr mich, als ich meinen Besuch machen wollte. Doch statt zu meiner Bekanntschaft wurde ich hierhergebracht und der Mann verschwand. Stattdessen trat dieser Schurke hier auf den Plan und begann, mich über meinen Besitz auszufragen.«

Der Blassäugige lachte laut auf, während Malcom sichtlich Mühe hatte, die Fassung zu wahren. »Schurke, ja?« Der Mann strich sein Sakko zurecht. »So hat mich lange niemand mehr genannt.«

»Wie sollte ich Sie sonst nennen?«, erwiderte die Gräfin ungerührt. »Sie heuern diesen Menschen an, damit ich in ihm meinen Erben sehe und Sie freien Zugang zu meinem Heim bekommen! Dutzende Male habe ich Ihnen versichert, dass Sie sich irren; dass es auf Carraig Castle nichts gibt, was Sie suchen. Und doch halten Sie mich hier weiter fest. Ja, ich denke, *Schurke* ist ein passender Begriff für Sie.«

»Ich persönlich bezeichne mich als Geschäftsmann. Und mein Geschäft sind Legenden und seltene Gegenstände, Mylady. So wie Ihr Familienerbe.« Er legte den Kopf schief. »Ich habe wirklich viel darüber gehört in den Dörfern um Carraig Castle. Es heißt, dieser Schatz würde Ihrer Familie seit Jahrhunderten Glück und Wohlstand bringen. Einige sprachen vom Heiligen Gral aus der Artus-Sage, aber das ist natürlich Unfug.«

Alice lachte spöttisch. »Sie veranstalten dieses ganze Theater wegen Gerüchten und ein bisschen Gerede?«

»Schon möglich.« Der Mann lächelte schmal.

Malcom trat unruhig von einem Bein auf das andere und die beiden Wachen standen ganz still da. Scotty bemerkte plötzlich einen Schatten hinter dem Fenster, doch sie bemühte sich, keine verräterische Miene zu ziehen.

»Aber was soll denn das sein?«, fragte sie laut und versuchte, die Aufmerksamkeit vom Fenster weg und auf sich zu ziehen. »Etwas, das so alt ist? Ein Amulett vielleicht?«

»Ein guter Gedanke«, lobte der Schurke sie. »Die Aufzeichnungen darüber sind nicht eindeutig. Aber ich für meinen Teil habe Hinweise gefunden, die auf ein Buch hindeuten. Ein geheimes Buch. Doch Lady Fiona weigert sich beharrlich, mit mir darüber zu sprechen.«

»Ein geheimes Buch?«, wiederholte Alice. »So wie das des Präsidenten von Amerika? Ich fürchte, dafür sind Sie auf dem falschen Kontinent.«

»Boss!«, rief jemand von unten. »Wir haben Hufspuren gefunden. Aber keine Menschenseele.«

»Packt zusammen!«, befahl der Blassäugige. »Wir verschwinden hier. Lenney, hol meinen Wagen.«

»Und was ist mit mir?«, fragte Malcom kleinlaut. »Was geschieht denn nun?«

»Ich fürchte, Eure Lordschaft, dass unser Bündnis nicht länger von Nutzen für mich ist.« Der Blassäugige verbeugte sich spöttisch. »Ich empfehle mich. Mylady, ich bin sehr betrübt über die Art unserer Bekanntschaft. Vielleicht können wir sie zu einem anderen Zeitpunkt fortsetzen.«

»Kriechen Sie zurück in das Loch, aus dem Sie gekommen sind.« Lady Fiona reckte stolz den Kopf. »Das Erbe meiner Familie zu hüten, ist mein Schicksal und nichts wird mich daran hindern.«

»Wie gesagt«, sagte der Blassäugige ruhig. »Es betrübt mich.« Sein Blick wanderte zu Scotty und er neigte leicht das Kinn. »Leb wohl, Soraya Blackbird. Ich bin sicher, wir werden uns erneut begegnen.«

Damit verschwand der Blassäugige. Scotty machte unwillkürlich einen Schritt hinter ihm her. »Warten Sie …!«

Im nächsten Moment hallte ein Schrei über das Gelände.

»Polizei!«

Dann erfüllte das Grollen von Motoren die Luft. Der Mann namens Lenney stieß einen Fluch aus. »Wir sitzen in der Falle! Schnappt euch die Kinder!« Er wollte nach Scotty greifen, die ihm am nächsten stand, aber Lady Fiona trat ihm in den Weg. »Mach keine Zicken, du alte Schachtel«, knurrte Lenney.

»Sie rühren die beiden nicht an oder Sie lernen mich wirklich kennen, Mr Lenney!«

Plötzlich zersplitterte das Fenster mit lautem Knall und zwei Gestalten sprangen in den Raum hinein.

»Hände weg von meiner Tochter!«, bellte Nathan Blackbird und Dylan warf sich an seinem Freund vorbei auf den Blassäugigen.

Lady Fiona zog die Mädchen schützend an sich und wich mit ihnen zur Wand zurück. Scotty stolperte beinahe über Malcom, der sich hingekauert hatte und sich hin und her wiegte. »Das stand nicht in der Jobbeschreibung«, flüsterte er vor sich hin. »Die sind doch alle völlig irre!«

»Reißen Sie sich mal zusammen!«, fauchte Scotty und gab ihm einen Schubs. »Los, aufstehen!«

»Fiona!«, brüllte irgendjemand.

»Hier oben, Carmichael!«, rief Fiona zurück.

Malcom kam gerade noch rechtzeitig auf die Beine, um den Polizisten auszuweichen, die den Raum stürmten und sich sofort auf die Ganoven warfen. Ein Mann mit schlohweißen Haaren folgte ihnen und stieß erleichtert die Luft aus, als er die Gräfin entdeckte. »Fiona, sind Sie verletzt?«

Lady Fiona schüttelte nur stumm den Kopf und hielt Alice fest umklammert.

Scotty rannte auf ihren Vater zu, der den Mützenträger an einen Polizisten übergab, und warf sich in seine Arme.

»Scotty!« Nathan drückte sie fest an sich. »Was machst du denn nur? Ich war ganz krank vor Angst.«

»Alles gut gegangen«, wisperte Scotty und drückte das Gesicht in den weichen Pullover ihres Dads. »Wo ist Mum?«

»In Sicherheit und dein Bruder auch. Allen geht es gut.« Beruhigend streichelte Nathan über ihren Rücken und hielt sie ganz fest.

»Danke fürs Retten«, murmelte Scotty.

»Aber bitte, gerne, jederzeit.«

Da fiel Scotty etwas ein und ihr Kopf schoss ruckartig nach oben. »Dad, der Blassäugige! Wir müssen ihm nach, ehe er wieder verschwindet!«

»Keine Sorge, kleine Lady«, sagte der weißhaarige Polizist. »Meine Leute haben das Haus umstellt. Niemand wird entkommen.«

Doch Scotty war sich da nicht so sicher ...

Kapitel 29
Hier kommt das Happy End – oder?

Constantin

»Was hat sie vor?«, flüsterte Scotty am nächsten Morgen.

»Ich habe keine Ahnung«, gab Constantin beunruhigt zurück. »Aber ihr Blick macht mich langsam nervös.«

»Wenn sie so weitermacht, wird der Tisch garantiert zusammenbrechen.« Alice' blaue Augen waren kreisrund vor Staunen. »Ich glaube, ich habe noch nie so viel Essen gesehen. Wer soll das denn bitte alles essen?«

»Ähm, Zola?« Evie räusperte sich. »Denkst du nicht, das reicht langsam?«

»Oh, aber ich habe noch Würstchen in der Pfanne und Tattie Scones und ich habe überlegt ...«

»Zola, schnapp dir einen Teller und iss mit uns!«, unterbrach Nathan die Köchin und zog den Stuhl neben sich zurück. »Bitte, dieses Essen reicht für das ganze Schloss und noch zwei Dörfer dazu.«

»Es bleibt auf jeden Fall genug für Dylan und die Gräfin über«, urteilte Constantin. »Wird sie wohl heute aus dem Krankenhaus entlassen werden?«

»Davon ist auszugehen, Schatz. Sie war nur ein bisschen dehydriert und wird einmal durchgecheckt. Ich denke nicht, dass es etwas Ernstes ist. Bestimmt nur die Anstrengung der letzten Tage und die Aufregung.«

Mit ungutem Gefühl dachte Constantin daran, wie die Gräfin, nachdem die Polizei ihre Arbeit getan hatte, plötzlich ganz blass geworden und in Dylans Armen ohnmächtig geworden war. Zum Glück hatte der Polizeichef – denn um niemand anderes handelt es sich bei Lady Fionas gutem Freund Carmichael – schon einen Rettungswagen verständigt, der beinahe im selben Moment eingetroffen war.

»Ich fahre nach dem Frühstück hin und sehe nach den beiden. Dylan ist ihr sicher die ganze Nacht nicht von der Seite gewichen.« Zola ließ sich endlich auf einen Stuhl sinken und nahm den Tee entgegen, den Constantin ihr reichte.

»Und so lange atmen wir alle einen Moment durch und plündern die Vorratskammer«, meinte Evie und nippte an ihrem Kaffee. Der Scherz ging leider nach hinten los. Zola sprang in die Höhe wie ein abprallender Flummi. »Sie haben recht! Ich muss sofort auf den Markt und frisches …«

»Zola, meine Frau hat lediglich einen Scherz gemacht!« Nathan schnappte die aufgeregte Köchin am Arm und zog sie sanft zurück. »Nun entspann dich doch bitte. Alice, wann wird deine Mum hier sein?«, wechselte er schnell das Thema.

»Ihr Flieger landet morgen Mittag. Könnten wir sie vielleicht am Flughafen abholen?«

»Natürlich, ich fahre dich hin.«

»Danke schön.« Alice lächelte schüchtern.

Die Tür öffnete sich und Edward betrat den Raum, einen Stapel mit Post in der Hand. »Guten Morgen, Edward«, grüßte Evie ihn fröhlich. »Wie geht es Ihnen?«

»Gut, vielen Dank, Mrs Blackbird.« Der Butler machte einen kleinen Diener. »Dieser Umschlag ist für Sie eingetroffen.«

»Oh, vielen Dank, mein Lieber.« Evie schaute auf den Absender. »Er ist von Odette, unserer lieben Teamkollegin, wie schön! Ich bin froh, sie bald wiederzusehen.«

»Wann eigentlich?«, fragte Scotty mit dem Mund voller Pancakes. »Wann fahren wir nach Hause? Die Ferien sind bald vorbei.«

»Deswegen werden wir auch bald heimfahren«, sagte ihre Mum. »Dylan wird vermutlich bleiben und die Gräfin unterstützen. Sie hat einiges zu verarbeiten.«

Constantin entging der Ausdruck nicht, der über das Gesicht des Butlers wanderte, doch er konnte ihn nicht recht deuten. Wut? Enttäuschung? Er war sich nicht sicher.

»Edward, es trifft sich ganz vortrefflich, dass Sie vorbeikommen«, fuhr Evie fort. »Meine Kinder möchten Ihnen noch etwas mitteilen.«

Constantins Hand erstarrte auf dem Weg zum Teller mit dem knusprigen Bacon. »Ach wirklich?«, hustete er.

»Ja, wirklich.« Evie lächelte weiter, doch ihr Ton war streng. »Sie wollten sich bei Ihnen entschuldigen, da sie Sie zu Unrecht verdächtig haben. Das tut ihnen sehr leid. Nicht wahr, Kinder?« Evies Blick war unnachgiebig.

Constantin senkte zerknirscht den Kopf. »Hm ja, tut uns leid, Sir«, murmelte Scotty und malte Kreise in den Sirupsee auf ihrem Teller.

»Entschuldigen Sie bitte«, fügte Constantin hinzu. »Das war nicht nett von uns.«

Aber Sie waren auch nicht besonders nett, fügte er in Gedanken hinzu. Sofort wurden seine Ohren heiß und er schämte sich für diesen Gedanken. Edward hatte einiges durchgemacht und war ebenso von Malcom verraten worden wie sie alle. Vielleicht hatte er sogar um seinen Job gefürchtet, falls Lady Fiona nicht wiederauftauchte. Er hatte kein Recht, Edward zu verurteilen.

»Vielen Dank«, erwiderte Edward spröde. »Wenn es Ihnen nichts ausmacht, würde ich mich gerne für den Rest des Tages zurückziehen. Es war doch etwas viel in letzter Zeit.«

»Natürlich, mein Lieber, ruhen Sie sich etwas aus.«

»Ich habe Ihnen einen Wagen bestellt für Ihren Termin auf dem Revier.«

»Vielen Dank. Wahrscheinlich sehen wir uns danach noch ein bisschen das Dorf an und nach dem Boot müssen wir auch sehen. Sie werden also ungestört sein.«

Der Butler deutete eine leichte Verbeugung an und schritt dann mit hoch erhobenem Kopf aus dem Raum.

»Ich verabschiede mich auch«, sagte Zola und erhob sich. »Lasst alles so stehen. Soll ich das Abendessen um die übliche Uhrzeit bereithalten?«

»Wie wäre es, wenn du dir den Tag auch freinimmst und *wir* kümmern uns zur Abwechslung mal um das Abendessen?«, schlug Nathan vor. »Du hast dir ebenfalls etwas Ruhe verdient.«

»Oh ja, das machen wir!«, jubelte Alice. »Ich weiß das Rezept für den besten Pizzateig der Welt.«

»Dann ist es beschlossen.« Nathan nahm Zola einen Teller aus der Hand, den sie unauffällig hatte abräumen wollen. »Schönen Tag dir, Zola!«

Evie prostete ihrem Mann zu. »Lieb von dir.«

»Ich tue, was ich kann.« Nathan warf einen Blick auf die Uhr. »Wir müssen bald los zur Polizei, unsere Aussage machen. Ihr haltet hier die Stellung.«

»Aber wieso?«, maulte Constantin. »Wir wollen mit! Das ist bestimmt superspannend!«

»Außerdem waren wir viel näher dran als ihr!«, bestärkte ihn seine Schwester. »Wir sollten unsere Aussagen auch zu Protokoll geben!«

»Wenn die Polizei noch Fragen hat, wenden sie sich schon an euch.« Evie Blackbird blickte streng in die Runde. »Bis dahin möchte ich lieber nicht daran erinnert werden, wie nah ihr der Gefahr gewesen seid.«

Betreten senkten die Geschwister den Kopf.

In Constantins Kopf drehten sich die Gedanken. Wenn sie nicht mit zur Polizei durften, gab es da noch eine andere Sache, die ihn brennend interessierte ...

»Also dann.« Schmunzelnd stand Nathan auf und drückte seiner Tochter einen Kuss auf den Kopf. »Stellt nichts an, während wir weg sind, verstanden?«

»Wann hätten wir jemals *etwas angestellt?*«, empörte sich Scotty.

Als die Erwachsenen das Schloss verlassen hatten und Zola in der Küche herumhantierte, steckten die Blackbirds und Alice die Köpfe zusammen.

»Also«, raunte Constantin. »Was denkt ihr? Ist das Abenteuer vorbei?«

»Niemals!« Scotty schüttelte heftig den Kopf. »Wo ist der Schatz? Worauf hatte der Blassäugige es abgesehen? Ich platze noch, wenn mir das niemand beantwortet.«

»Die Gräfin wird es wissen«, meinte Alice. »Sie sagt es uns bestimmt.«

»Sicher? Erwachsene sind geizig, wenn es um Schätze geht«, meinte Constantin. »Lasst uns lieber selbst suchen.«

»Aber wo willst du anfangen?«, fragte Scotty. »Das Schloss ist riesig. Malcom hat schließlich auch nichts gefunden, nicht mal mithilfe unserer Eltern.«

Eine Weile trieben sie sich trotzdem auf den Fluren herum, spähten hinter Bilderrahmen und Wandteppiche, doch ohne Erfolg. Schließlich lockte der helle Sonnenschein die drei nach draußen und Constantin beschloss, Gertrude einen Besuch abzustatten.

Das kleine Huhn kam fröhlich auf Constantin zugeflattert, der es auf seinen Schoß hob.

»Wo der Blassäugige jetzt wohl steckt?« Scotty verzog missmutig das Gesicht. »Ich fasse es nicht, dass sie ihn nicht geschnappt haben. Wie macht der Typ das nur?«

»Er ist ein Oberschurke, ein supergerissener Oberschurke.« Alice balancierte auf der Umrandung des Stalls. »Ich wüsste wirklich gern, wie er das geschafft hat.« Ihre Augen blitzten abenteuerlustig. »Wir könnten noch mal zum Haus gehen und nach Spuren suchen. Ihr findet doch bestimmt etwas!«

»Ich weiß nicht, ob ich *ihn* finden wollen würde.« Constantin streichelte behutsam Gertrudes Flügel. »Der Typ ist mir unheimlich.«

»Was, meint ihr, wird aus Malcom? Kommt er ins Gefängnis?«

»Keine Ahnung, aber ich fände es toll, wenn du uns auf dem Laufenden halten könntest.«

»Na klar doch«, versprach Alice. »Und wie wäre es ... also vielleicht ... ich meine, ich muss noch mit meiner Mum reden, aber vielleicht könnten wir uns in den Weihnachtsferien wieder hier treffen? Das wäre doch lustig, oder? Was meint ihr?« Alice sah sie beide an, doch Scotty reagierte überhaupt nicht. Konzentriert starrte sie zwischen dem Gitterzaun hindurch auf das Schloss hinüber.

»Scotty, hörst du eigentlich zu?«, fragte Alice.

»Nicht umdrehen.«

»Was?«

»Nicht umdrehen. Tut so, als wäre nichts.«

»Was ist denn los?«, zischte Constantin und ahnte Übles.

»Jemand ist im Zimmer der Gräfin.«

»Wie bitte?«

»Irgendjemand ist im Zimmer von Lady Fiona! Ich habe einen Schatten an ihrem Fenster gesehen. Irgendjemand ist dort.«

»Na ja, vielleicht eins der Zimmermädchen ...«

»Nicht um die Zeit.« Alice schüttelte den Kopf. »Bleibt hier, ich gehe nachsehen.«

»Vergiss es.« Constantin ließ Gertrude zu Boden flattern. »Entweder wir gehen alle zusammen oder niemand geht!«

Also schlichen sie zu dritt los, geduckt und im Schatten der Mauer. Ihre Jacken ließen sie im Hühnerstall, so drapiert, dass es auf die Entfernung aussah, als wären sie noch dort. Sie nahmen den Seiteneingang der Küche und schlichen dann die Treppe hinauf.

»Ich verstehe langsam, was Dad damit meinte, dass ein Urlaub ohne Abenteuer auch nett wäre«, brummte Constantin, dem das alles hier überhaupt nicht behagte.

»Ich bin mir sicher, ich habe jemanden gesehen!«, wisperte Scotty zurück.

»Du musst nicht mitkommen«, fügte Alice hinzu. »Wir schaffen das auch allein.«

»Ach ja, und wer greift dann ein, wenn ihr zwei in Schwierigkeiten geratet?«

»Du ganz sicher nicht, du willst doch bloß ...«

»Pscht!«, brachte Scotty die Streithähne zum Schweigen. »Seht doch!«

Sie hatten die Gemächer von Lady Fiona erreicht. Die Tür zum Schlafzimmer stand weit offen und dahinter waren Geräusche zu hören. Irgendjemand war dort und dieser Jemand ging nicht sehr schonend mit der Einrichtung um.

Leise pirschten sich die Freunde an die Tür heran und spähten hinein. Der Raum war völlig auf den Kopf gestellt, Bilder hingen schief an den Wänden und Schubladen waren herausgezogen. Und mittendrin raufte Edward sich gerade die Haare.

»Wo ist er nur?«, knurrte er. »Komm schon, er muss doch hier sein!«

Mit einer ruckartigen Bewegung wandte er sich zur Seite – und begegnete dem Blick der Freunde im Spiegel an der Wand. Augenblicklich fuhr Edward herum.

Kapitel 30
Die letzten Puzzleteile

Constantin

»Ihr! Ihr Schnüffler!« Mit drohender Miene kam Edward auf sie zu. »Was tut ihr denn hier?«

»Das fragt ja der Richtige!«, gab Constantin mutig zurück und richtete sich so hoch auf, wie er nur konnte. »Sie haben die ganze Zeit ein falsches Spiel gespielt, nicht wahr? Ich dachte, der Blassäugige hätte bloß auf die Gerüchte reagiert und Malcom hier eingeschleust. Aber er hatte Hilfe. Sie!«

Einen Moment lang schien es, als würde Edward alles abstreiten und sie hinauswerfen. Doch dann zerbröckelte die kühle Fassade des Butlers und Wut blitzte darunter hervor. »Ohne mich hätte das doch alles niemals funktioniert mit diesem unfähigen Seifenoper-Schauspieler! Ohne mich wäre dieser Nichtsnutz längst aufgeflogen. Ich habe die Hand über ihn gehalten, ich habe alles erst ins Rollen gebracht.«

»Aber warum?«, fragte Alice. »Warum, Edward?«

»Edward lachte, doch es lag keine Freude darin. »Ich habe Malcom gleich durchschaut, als er hier auftauchte, doch ich hatte keinen Beweis, also wartete ich ab und beobachtete. Ich war bereit, ihn an die Gräfin zu verraten, wenn ich nur etwas Handfestes gegen ihn finden könnte. Doch dann warst du da und sie hat mich überhaupt nicht mehr beachtet.« Er trat vor, bis er dicht vor Alice stand. »Eine Ausreißerin! Und die Lady hat sofort einen Narren an dir gefressen. Konntest du dich nicht einfach aus ihrem Leben raushalten, so wie deine Mutter es versprochen hatte?«

»Meine ... meine Mutter?«

Edward sah aus, als bereue er seinen Ausbruch bereits.

In Constantins Kopf jedoch überschlugen sich die Gedanken. »Oh, ich glaub, mein Schwein pfeift. Sie wussten es! Sie wussten, dass Alice Lady Fionas Enkeltochter ist!«

»Natürlich wusste ich das!«, brüllte der Butler. »Meine Familie dient der Grafschaft dieses Ortes seit Jahren. Ich kenne jedes Familienporträt in diesem Haus. Die Ähnlichkeit war nicht zu übersehen.«

»Aber wie kann es dann sein, dass Lady Fiona es nicht gesehen hat?« Alice' Stimme klang ganz schwach und zittrig. »Das ergibt doch keinen Sinn.«

»Natürlich wusste sie es.« Edward verdrehte die Augen. »Sie hat es erst nicht gewagt, diese Möglichkeit in Betracht zu ziehen. Deine Mutter verließ Carraig Castle lange vor deiner Geburt und schwor, niemals zurückzukehren. Es brach der Lady das Herz. Doch dann tauchst du auf und plötzlich redet sie davon, Carraig Castle aufzugeben und neu anzufangen. Sie ließ ihren Notar kommen und änderte ihr Testament. Ich hätte alles verloren, meine Arbeit, das Geld, das sie mir für meine treuen Dienste versprochen hatte.«

»Also wollten Sie sich das, was Ihnen angeblich zustand, selbst holen und noch ein bisschen mehr.« Scotty schüttelte enttäuscht den Kopf. »Das sind sie, die letzten Teile vom Puzzle. Und wir mussten uns noch bei Ihnen entschuldigen heute Morgen!«

»Ja, das war putzig, nicht wahr?« Edward lachte auf, doch es lag keine Freude darin. »Als man mich kontaktierte und in den Plan einweihte, sah ich meine Chance. Und ich nahm an. Aber jetzt ist Schluss mit den Geschichten.« Er trat vor, bis er dicht vor Alice stand. »Dir vertraut sie doch! Sag mir, wo ist der Schlüssel zum geheimen Tresor? Er war immer hier, doch jetzt nicht mehr.«

»Ich weiß gar nichts von einem Tresor und ich werde Ihnen auch nicht helfen.« Alice wich vor ihm zurück, Tränen glänzten in ihren Augen. »Sie haben die Fotos von mir gemacht, oder? Und der DNA-Test, waren Sie das auch?«

»Die Lady hat ihn heimlich machen lassen, um ganz sicherzugehen, und mich ins Vertrauen gezogen. Der Umschlag war versiegelt, da konnte ich nichts mehr tun. Also ließ ich einen zweiten Test machen, nahm jedoch selbstverständlich eine andere Probe, die auf keinen Fall Gemeinsamkeiten mit der Lady zeigen würde. Dieses Ergebnis legte ich ihr vor, den anderen Test wollte ich verschwinden lassen, doch Malcom, dieser Idiot, muss ihn an sich genommen haben. Warum auch immer. Er hält sich für so klug.«

»Ich hätte schon seit Wochen eine Großmutter haben können. *Sie* haben das verhindert!«

»Was glaubst du, wer du bist, du Rotzgöre, ich werde dich ...!« Im nächsten Moment sprang ein schwarzer Schatten mit Zähnen und Krallen durch die Luft und stürzte sich auf den erschrockenen Butler. Silver!

»Zur Seite!«, brüllte Scotty und Constantin packte Alice und riss sie mit sich, runter von dem Läufer, an dem Scotty jetzt mit aller Kraft zog. Edward verlor den Boden unter den Füßen und ging mit einem Schrei zu Boden – und die drei Freunde ergriffen die Flucht.

»Los, lauft!« Constantin zog Alice mit sich, die sich schnell fing und die Beine in die Hand nahm. Scotty war den beiden dicht auf den Fersen. »Was ist mit Silver?«

»Der kommt klar«, keuchte Alice. »Los, hier lang!«

Schlitternd bogen sie um eine Ecke, sausten einen weiteren Flur entlang und bogen wieder ab – nur, um beinahe mit dem wutschnaubenden Edward zusammenzustoßen, über dessen linke Wange sich unschöne Kratzer zogen!

»Stehen bleiben, Ihr Rotzlöffel!«

»Zurück!«, kreischte Scotty und machte kehrt.

Constantin geriet ins Straucheln, doch Alice, die immer noch seine Hand hielt, zog ihn wieder auf die Beine.

»Zur Bibliothek und in den Geheimgang!«, zischte sie.

Der Plan ging auf. Sie schafften es vor Edward in die Bibliothek, und während Constantin und Alice die Tür mit einem Stuhl verkeilten, öffnete Scotty den Geheimgang. Keuchend und japsend schlüpften sie hinein.

»Seid leise, aber nicht stehen bleiben!«, mahnte Alice und scheuchte sie durch den Gang. »Edward hat Klaustrophobie und hält es in engen, geschlossenen Räumen nicht aus. Er wird uns deshalb nicht durch die Gänge folgen, aber ich weiß nicht, ob er ihre Verläufe nicht trotzdem kennt.«

»Wir müssen Hilfe holen!«

»Aber wen, das Schloss ist quasi leer!«

»Zola! Sie muss irgendwo sein!«

»Wollte sie nicht ins Krankenhaus zu Lady Fiona? Was, wenn sie schon weg ist? Wir sollten ein Telefon suchen und unsere Eltern anrufen. Wir könnten uns hier drin verstecken, bis sie kommen.«

»Zu gefährlich, dann entkommt er! Wir müssen ihn irgendwie festsetzen.«

»Die Hunde«, keuchte Alice. »Edward hat Angst vor ihnen.«

»Dann zu den Zwingern!«, rief Constantin.

Alice lief voraus und führte sie durch die geheimen Gänge, bis sie schließlich in den Dienstbotenquartieren herauskamen. Auf Zehenspitzen schlichen sie durch die Eingangshalle und auf die Tür zu.

Noch ein kleines Stücken, nur noch ein kleines Stück und dann …

»Hände hoch!«

Ein grausiges Klicken zerstörte die Stille. Constantin sah auf. Edward stand auf der Treppe zum ersten Stock und hielt ein uraltes Gewehr in den Händen. Seine Hände zitterten so sehr, dass der Lauf wackelte. Trotzdem bot er einen furchtbaren Anblick. »Ihr bleibt jetzt genau da stehen, ihr kleinen Schnüffler, und dann werden wir …«

»Geheimdienst! Im Namen Ihrer Majestät, nehmen Sie die Hände hoch!«

Verblüfft drehte Constantin den Kopf – und entdeckte Zola, im Eingang zur Küche. Die Köchin hatte ihr freundliches Lächeln verloren und blickte fest entschlossen.

»Zola, was …?«, krächzte der Butler.

»Waffe runter, Edward, ich sag's nicht noch einmal!«

»Was soll der Blödsinn?« Das Gewehr schwenkte in Zolas Richtung. »Ich lasse mir doch nicht von einer Köchin …«

Edward kam nicht dazu, den Satz zu Ende zu bringen, denn Zola hatte ausgeholt und etwas durch die Luft geworfen. Edward taumelte zurück und starrte entsetzt auf den Ärmel seines Jacketts, der jetzt mit einem Küchenmesser an die Wand geheftet war. »Was …?«

»Waffe runter!«

»Ich werde nicht …«

Ein zweites Messer flog und Edward taumelte gegen die Wand, da er jetzt auch mit dem Kragen festgenagelt war. Klappernd fiel das Gewehr zu Boden.

»Kinder, die Polizei ist auf dem Weg! Seid doch bitte so gut, nehmt sie in Empfang und bringt sie her.«

»Zola!«, ächzte Scotty. »Bist du …?«

Die Köchin zwinkerte ihnen zu. »Raus jetzt mit euch. Das ist ein Befehl!«

Kapitel 31

Jetzt aber wirklich Happy und End

Scotty

Das Abenteuer endete, wo es begann.

Na ja, nicht ganz. Begonnen hatte es ja irgendwie auf dem Schiff der Blackbirds und jetzt befanden sie sich im Kaminzimmer von Carraig Castle ... Auch egal. Scotty grinste in sich hinein und tippte mit dem Kuli auf die vollgekritzelte Seite ihres Tagebuches, während sie sich in ihren Sessel kuschelte.

»Ach, es ist so schön, wieder hier zu sein«, seufzte Lady Fiona, die den Sessel neben Scotty belegt hatte. Links und rechts davon lagen die großen Hunde, die Köpfe auf die Pfoten gelegt. Doch hin und wieder hoben sie sie doch leicht, ganz so, als wollten sie sichergehen, dass ihr Frauchen nicht erneut verschwand. »Zu Hause ist es doch am schönsten, nicht wahr?«

»Ach, weißt du, Tantchen, bei dir ist es auch ganz nett«, flachste Dylan und zwinkerte ihr zu. »Von Ausflügen hast du vermutlich erst mal genug.«

»Das kannst du aber laut sagen.« Lady Fiona sah ernst in die Runde. »Ich danke euch, meine Lieben, jedem Einzelnen von euch. Und unserem Vater im Himmel, der euch genau zur richtigen Zeit hierhergeschickt hat. Ohne eure tapfere Hilfe, wer weiß, was da aus Carraig Castle und mir geworden wäre?«

»Nun, diese Frage müssen Sie sich nicht stellen, Fiona«, wehrte Evie ab. »Und wir haben gern geholfen.«

»Ja, was Abenteuer angeht, sind wir einsame Spitze«, kicherte Constantin. Silver lag auf seinem Schoß und schnurrte genüsslich. »Und Schätze finden können wir eigentlich auch ziemlich gut. Nur dieses Mal stehen wir irgendwie auf dem Schlauch.«

»Das wurmt dich, nicht wahr, mein Junge?« Lady Fiona schmunzelte. »Ich kann es mir vorstellen. Möchtet ihr das Geheimnis gerne lüften? Die Legende um Carraig Castle? Den wertvollsten Schatz des Schlosses?«

»Ja!«, riefen alle vier Blackbirds samt Alice im Chor und Lady Fiona lachte laut auf. »Na, dann folgt mir doch bitte.«

»Hier kommt heiße Schokolade!«, rief eine wohlbekannte Stimme, bevor sie aufstehen konnte, und Zola erschien mit einem vollbeladenen Tablett in der Tür. »Also, wir haben Marshmallows und Kekse und ...« Die Köchin hielt inne, als sie die angespannten Blicke bemerkte. »Was ist denn? Habe ich noch Kakaopulver in den Haaren? Der Deckel der Dose ist wirklich tückisch und …«

»Zola, niemand interessiert der Kakao!«, rief Scotty. »Seit gestern warst du verschwunden und dabei wollen wir doch unbedingt wissen … na ja … also … bist du wirklich …?« Scotty senkte unwillkürlich ihre Stimme. »Bist du wirklich vom Geheimdienst?«

»Schon möglich.« Schmunzelnd stellte Zola ihr Tablett ab. »Aber wenn dem so wäre, dann wäre es doch geheim, nicht wahr?«

»Aber …« Scotty klappte die Kinnlade herunter und Alice stieß einen frustrierten Laut aus.

Lady Fiona lachte erneut. »Ich kenne die liebe Zola schon sehr lange, und als wir uns kennenlernten, hatte sie einen anderen Job als jetzt. Wir verstanden uns gut. Und als sie über einen Berufswechsel nachdachte und lieber ihrer größten Leidenschaft nachgehen wollte …«

»Da hast du ihr deine Küche angeboten.« Alice grinste breit. »Also *warst* du beim Geheimdienst! Das ist ja so cool!«

»Ich werde dazu nichts sagen.« Zola verteilte die dampfenden Becher. »Wolltet ihr eben irgendwohin?«

»Allerdings.« Lady Fiona erhob sich elegant aus ihrem Sessel. »Nun denn, ich schulde euch ein Geheimnis.« Sie ging zur Wand hinüber und schob das Gemälde von Königin Esther beiseite. Dahinter kam eine Klappe zum Vorschein. Fiona bückte sich zu den Hunden, die ihr schwanzwedelnd gefolgt waren, und löste die Anhänger von den beiden Hundehalsbändern. Es klickte, als sie sie ineinanderschob, und sie legte sie auf ein dafür vorgesehenes Feld.

Scotty stieß ein kleines Keuchen aus, als das Fach aufschwang. Alice quietschte.

Lady Fiona zwinkerte in die Runde. »Ihr dachtet doch etwa nicht, dass ihr *alle* Geheimnisse gefunden hättet, oder?«

Nathan versteckte sein Lachen hinter einem Husten. Das Fach offenbarte eine Kiste. Dylan trat mit einem fragenden Blick vor und nahm sie auf ein Nicken von Lady Fiona hin aus dem Fach. Alle scharten sich um den Tisch, während die Lady die Kiste öffnete und ein sehr großes, sehr altes Buch hervorholte. »Ich präsentiere: *Die Legende von Carraig Castle*. Das Geheimnis unseres Glücks und der Gegenstand all dieser Gerüchte.«

»Aber das ... das ist eine Bibel«, murmelte Evie Blackbird und beugte sich fasziniert vor. »Und sie ist mindestens hundert Jahre alt.«

»Eher zweihundert«, sagte die Lady schmunzelnd. »Sehen Sie rein, meine Liebe.«

Ehrfürchtig schlug Evie die Bibel auf.

Scotty staunte über eine kunstvolle Zeichnung neben dem Text. »Sie ist illustriert?«

»Handgemalt. Ein Familienschatz. Sie wurde von Generation zu Generation weitergegeben. Wisst ihr, was der Name dieses Schlosses bedeutet? Fels. Es wurde auf Fels gebaut. Gott ist unser Fels und wer auf ihn baut, hat sicheren Stand. Das hat meine Familie seit Jahrhunderten geglaubt und gelebt. Gott hat uns reich gesegnet. Und irgendwann begann das Gerede.«

»Hat Ihre Familie denn nie versucht, das klarzustellen?«

»Oh, doch, durchaus. Aber ihr wisst ja, wie das mit Legenden um Schätze ist. Meine Familie hat, wie gesagt, immer viel Segen erfahren. Unsere Felder sind sehr ertragreich, wir hatten großes Glück mit unseren Bauern und blieben von vielem verschont, was dieses Land heimsuchte. Doch es gibt keinen Zauber, kein Geheimnis. Es ist alles Gnade. Und die Bibel ist nur deshalb im Safe, weil sie sehr lichtempfindlich ist und mir viel bedeutet. Aber vielleicht ist es langsam an der Zeit, sie einem Museum zu spenden, damit mehr Menschen sie betrachten können.«

Lady Fiona ging zu ihrem Sessel zurück und ließ sich daraufsinken.

Dylan betrachtete sie besorgt. »Geht es dir gut, Tantchen?«

»Ach, mein Lieber ... ich verstehe einfach nicht, wie Edward so handeln konnte. Seit vierzig Jahren arbeitet er für mich und jetzt diese ... diese Hinterhältigkeit. In meinem eigenen Haus.«

»Geld ist etwas Furchtbares, Tante«, sagte Dylan vorsichtig. »Und Gier. Das hat ihn zu Fall gebracht. Es tut mir sehr leid.«

»Ich weiß.« Sie tätschelte seine Hand. »Nun, stört euch nicht an den trüben Gedanken einer alten Frau, meine Lieben. Kinder, ihr wart wirklich sehr tapfer. Ihr sollt wissen, dass ihr jederzeit bei Alice und mir auf Carraig Castle willkommen seid. Vielleicht in den nächsten Ferien? Ich würde mich wirklich gerne für alles erkenntlich zeigen, was ihr für meine Enkelin und mich getan habt.«

»Oh, äh, also eine Bitte hätte ich da noch«, begann Constantin. »Wissen Sie, Sie haben da so ein Huhn ...«

In diesem Moment hoben die Hunde aufmerksam die Köpfe und schon im nächsten Augenblick schlüpfte das Dienstmädchen ins Zimmer. »Mylady, es ist Besuch draußen.«

»Nanu?«, wunderte sich Lady Fiona. »Besuch so spät am Abend, wer mag das sein?«

»Bitte nicht noch eine Überraschung!«, stöhnte Constantin. »Ich kann nicht mehr! Ich will jetzt das Happy End und Feierabend!«

»Ich werde nachsehen«, bot Zola an und schritt zur Tür, doch Dylan holte sie mit zwei großen Schritten ein.

»Bei allem Respekt, ich gebe dir lieber Geleitschutz.«

»Ich komme auch mit!«, rief Nathan.

»Na, da kann ja nichts mehr schiefgehen«, kommentierte Lady Fiona trocken. »Wer auch immer dort draußen lauert, möge sich in Acht nehmen.«

Scotty kicherte nervös. Dieser Wechsel von Abenteuer zu Erholung und zurück brachte sie langsam ganz schön aus dem Gleichgewicht. Wer wohl vor der Tür sein mochte? Vielleicht die Polizei mit weiteren Fragen? Oder hatten sie womöglich den Blassäugigen geschnappt? Vielleicht ... Die Gedanken verpufften in ihrem Kopf, als sie die in dicke Wettermäntel gehüllten Gestalten in der Eingangshalle entdeckte. Ein dunkelhaariger Mann und eine hochgewachsene Frau, die nervös die Finger ineinanderknotete und die …

»Mama!«, quietschte Alice und flog in die Arme der Frau, die sie auffing und an sich drückte.

Lady Fiona presste eine Hand auf ihren Mund und geriet ins Wanken. Hastig griff Dylan zu und stützte sie.

»Onkel C?«, fragte Scotty erstaunt. »Was machst du denn hier?«

»Er hat mich hergeflogen.« Mit vor Aufregung geröteten Wangen trat niemand anderes als Vi hinter Scottys Onkel hervor. »Könnt ihr vielleicht mal ans Handy gehen?«, beschwerte sich Vi. »Und wehe, es ist kein Geheimgang mehr für mich übrig!«

Unter lauten Hallo-Rufen wurden Umarmungen und Begrüßungen ausgetauscht und die Hunde tollten aufgeregt zwischen den weinenden und lachenden Menschen umher. Alice, Fiona und Alice' Mutter weinten gemeinsam und Scotty war sich sicher, was immer diese Familie entzweit hatte, hier war die Chance, dass alte Wunden endlich geheilt werden könnten.

»Danke, Gott«, flüsterte sie. »Danke, dass du der Fels bist, unsere Zuflucht. Dass du größer bist als alles und uns sicher in deiner Hand hältst. Dass du Hoffnung bist, wo Menschen längst aufgeben. Danke, dass du uns bewahrt hast. Amen.«

Irgendwann fand Scotty sich auf einer Fensterbank wieder, in ihrem Rücken wehte der Herbstwind um die Türme von Carraig Castle und die Nacht war längst hereingebrochen, doch die Gäste des Schlosses saßen noch immer beisammen. Constantin saß neben ihr und sie stieß ihn leicht in die Seite. »Na also, Brüderchen«, sie schmunzelte, »da hast du doch dein Happy End.«

»Für den Moment«, erwiderte Constantin. »Aber der Blassäugige ist immer noch da draußen. Es ärgert mich, dass er wieder davongekommen ist!«

»Na ja, aber es steht 2:0 für uns. Und er sollte sich lieber ganz genau überlegen, ob er noch einmal gegen die Blackbirds antritt.«

Ende